검표원이여,
오늘밤도
고마워

영화관과 검표원에 대한 편애 가득한 이야기

가타기리 하이리 • 이소담 옮김

유고

철새, 영화관으로
돌아가다

태생이 어디냐는 질문을 받으면, 가슴을 쫙 펴고 "영화관 출신입니다!"라고 대답한다. 배우 경력에 대해서라면 "대학 시절부터 소극장 무대에 섰고, 그 후에 CF에 출연했고, 얼마 지나지 않아 영화에도 나오게 되어서…"라는 흐름으로 대답해야 옳을 것이다. 그러나 나는 속으로는 연극도 영화도 아니고 영화관 출신이라고 굳게 믿는다.

열여덟 살 무렵부터 약 7년간 긴자 영화관에서 일했다. 아르바이트 직원인 검표원°으로서. 대학이 있던 기치조지보다, 극단 연습장이 있던 이케부쿠로보다, 나는 긴자에서 더 오래 농밀한 시간을 보냈다. 긴자 4초메 교차로에 위치한 와코 백화점 뒤 '긴자 문화극장', 지금의 '시네 스위치 긴자'가 검표원으로서 내가 태어난 고향이다.

아버지가 돌아가실 때까지 'JR'을 '국철', '영화'를 '활동사진'이라고 당당하게 불렀던 것처럼, 나도 새로 붙은 '시네 스위치 긴자'라는 세련된 이름에 익숙하지 않아 20년하고도 수년이 지난 지금까지도 그곳을 '긴자 문화'라고 부른다.

『키네마 준보』라는 유서 깊은 영화 전문지에 영화광으로 실릴 만큼 대단한 영화 편력을 지니고 있진 않지만, 중학생이 됐을 무렵부터 얼마 되지 않는 용돈을 어떻게든 변통해서 영화에 쏟아붓고 다녔다. 공부나 학교생활에는 영 익숙해지지 못했던 내게 방과 후와 주말의 영화관 여행은 일요일 예배처럼 신성한 행사였다. 영화를 보는 동안만큼은 무언가에서 구원을 받았다. 학교에서 늦게 돌아올 때마다 아버지가 "또 활동사진이지!" 하고 화를 냈지만, 그래도 이 특별한 과외활동 덕분에 비뚤어지지 않고 큰 사고도 치지 않고 어쨌든 멀쩡한 어른으로 자랐다고 지금도 나는 믿는다.

○ 저자가 현역으로 일하던 시절, 일본에서는 영화관 검표원을 '모기리もぎり'라고 불렀다. '비틀어 떼다', '뜯다'라는 뜻의 '모기루もぎる'에서 온 말이다. 번역서에서는 '검표원'으로 쓰되 원어가 필요할 경우 '모기리'도 함께 썼다.

어려서부터 어떤 영화를 보든 입도 달싹 못할 만큼 감동했다. 영화를 다 보고 나선 말 한마디 못하니까, 나이를 먹으면서 다른 사람과 같이 영화를 보러 가는 일이 줄어들었다. 아니, 모처럼 로버트 레드포드나 폴 뉴먼과 같은 세계에 있는데, 왜 동행한 친구의 속삭임에 현실로 끌려와야 하느냔 말이다! 나는 기억하지 못하는데, 일부러 반 친구들과 같이 영화를 보러 가서는 "떨어진 좌석에서 보고 싶거든" 하면서 혼자 제일 앞자리에서 등을 쭉 펴고 앉아 꼼짝도 하지 않고 스크린에 몰입한 적도 있다고 한다.

영화 속 세계에 너무 푹 빠진 나머지 극장이 밝아져도 꿈에서 깨어나지 못해 큰일이었다. 〈죠스〉를 보고 욕조에 들어가지 못하게 된 것도 이 시기다. 목욕 문제는 곧 극복했지만, 바다에서 수영하게 되기까지는 그로부터 몇 년이 걸렸다.

그때는 영화를 영화라고 생각하지 않았다. 눈앞에서 펼쳐지는 광경이 만들어진 것이라고는 생각하기 싫었다. 황홀한 러브신 뒤에 수십 명의 스태프가 카메라나 마이크를 들고 서 있다고는 상상하고 싶지 않았다. 그래서 아무리 좋아도 영화 '속'에서 일하고 싶은 마음은 없었다. 무작정 스크린 옆에 있고 싶었다. 영화 '곁'에서 일하고 싶었다. 입시 공부로 바쁘던 때부터 대학에 들어가면 영화관에서 일할 생각이었다. 그리고 가능하면 어려서부터 다닌 히비야나 유라쿠초町, 긴자 근처의 극장이길 바랐다.

학생이 아르바이트를 구할 때, 이렇게 확고한 목표가 있는 경우도 드물 테지. 나는 대학에 입학하자마자 이 지역의 영화관에 닥치는 대로 전화를 걸었다. 옛 히비야 스칼라자座,° 니혼 극장, 유라쿠자, 마루노우치 피카데리, 쇼치쿠 센트럴. 그러나 이런 영화관은 전부 영화사인 도호나 쇼치쿠의 직영이어서 검표원이나 매표소, 매점 직원도 정식 사원을 고용했다. 이 지역에서 유일하게 학생이 아르바이트로 비집고 들어갈 여지가 있는 곳은 '긴자 문화극장'뿐이었다. 긴자 문화는 신작이 아니라 옛 영화를 상영하는 명화 상영관인데, 단독 상영인 데다가 250엔이라는 저렴한 가격이 마음에 들어 중고생 무렵 자주 다닌 단골 영화관이었다.

보물과도 같은 7년이었다. 매일같이 영화관에 가서 내키는 시간에 상영관으로 들어가 좋아하는 영화를 보고 또 보았다. 무엇보다 같이 일하는 동료들이 하나같이 영화광이어서

○　극장 이름에 흔히 붙는 '座'는 원래 예능에 종사하는 사람들이 흥행을 위해 결성한 단체나 집단, 예능업자의 동업자 조합 등 다양한 뜻이 있는데 이제는 주로 극장, 영화관, 극단 이름 뒤에 붙는 명칭으로 쓰인다.

일하는 중에도, 일을 마친 후에도 목이 아플 정도로 영화 이야기를 나누느라 정신이 없었다. 시급이 낮은 것은 하나도 괴롭지 않았다.

만약 지금 해수욕을 하다가 식인 상어의 습격을 받는다면 주마등처럼 떠올랐다가 사라지는 장면 속에서 당시 우리의 미소가 눈부시게 반짝이겠지. 파란 겉옷을 입고 티켓을 뜯는 나와 동료들의 고민이라곤 없는 환한 미소가. 언젠가 다시 영화관으로 돌아가고 싶다!

이런 꿈을 꾸던 중에 『키네마 준보』에서 편지를 한 통 받았다.

"검표원 시절에 있었던 일이나 영화관 이야기를 한 달에 한 번, 글로 써보지 않겠습니까?"

스크린 '옆'에 있으려고 했는데 어느새 스크린 '속'으로 들어가 영화관을 떠난 지도 25년이라는 세월이 흘렀다. 그런 연유로 나는 '밤안개'를 헤치며 21세기 영화관을 돌아보는 여행을 떠나게 되었다.°

° 이 책의 제목 '검표원이여, 오늘밤도 고마워'는 1967년에 발표된 일본 영화 〈밤안개여, 오늘밤도 고마워〉에서 따온 것이다.

"원래 이쪽이 본업이에요."

1년 내내 무대에 서는 일을 하므로 무대에서 보는 풍경에는 익숙해졌을 것이다. 술렁이는 꽉 찬 객석, 벽 쪽에 겹쳐 선 입석 관객들, 밀려드는 박수 소리. 평소 익숙한 풍경일 텐데, 그날은 참 이상하게도 피부에 소름이 돋았다.

〈카모메 식당〉 첫 개봉 날. 나는 오기가미 나오코 감독과 고바야시 사토미 씨, 모타이 마사코 씨 등과 함께 시네 스위치 긴자의 무대 위에 섰다. 당시 도쿄에서 개봉관은 딱 한 관이었다. 그 한 관이 무슨 인연에선지 젊은 시절의 내 직장이었다.

한때 질릴 정도로 바라본 스크린 바로 앞에 서서 내가 출연한 영화의 무대 인사를 한다. 마치 세계가 180도 반전해 스크린 뒤쪽에서 신비로운 영화의 한 장면을 보는 기분이었다. 꽉 찬 객석이 언젠가 본 그리운 환상처럼 묘하게 흐릿해 보였다.

나는 무심코 떠들썩하게 손을 흔드는 관객들 머리 너머로, 2층석 가장 뒷문에 선 단발머리 검표원의 모습을 찾았다. 이 극장에서 일할 당시, 나는 늘 그 문으로 조심스럽게 상영관 안을 들여다보았다.

긴자 문화 1의 객석이 이렇게 관객으로 가득한 모습은 도라 씨° 이래 처음이 아닐까. 당시 긴자 문화는 3층에 외국 영화를 중심으로 상영하는 명화 상영관인 긴자 문화 2가 있었고, 지하 1, 2층의 긴자 문화 1은 쇼치쿠 영화사 계열의 일본 영화를 개봉하는 관이었다. 내가 현역 검표원이던 시절, 이 극장에 사람이 꽉 찬 것은 도라 씨와 건담 시리즈, 그리고 〈가마타 행진곡〉 때 정도다.

° 〈남자는 괴로워〉라는 일본의 유명 드라마이자 영화 시리즈의 주인공. 〈남자는 괴로워〉는 1968년 후지 TV에서 드라마로 제작되었는데 히트를 쳐서 이후 영화로도 제작되었다. 1996년까지 총 48편이 제작되었고 최장수 코미디 영화로 기네스에 올라 있다.

긴자 문화 부근에 마루노우치 쇼치쿠와 긴자 쇼치쿠, 두 곳에도 쇼치쿠의 직영관이 있었기 때문에 평소 긴자 문화 1은 검표원의 낙원처럼 여유로운 직장이었다. 한 번 상영할 때 티켓을 두세 장만 뜯는 회차도 드물지 않았다. 게다가 회차마다 전석 교체제여서 관객이 들어가고 나오는 시간 이외에는 티켓을 뜯을 일이 그리 많지 않았다.

상영이 시작된 뒤에도 영화 이외의 목적으로 찾는 사람들, 가령 낮잠을 자거나 여자에게 파렴치한 짓을 하려는 이들이 끊이지 않았던 명화 상영관과 달리, 지하의 고요한 이 상영관에서 우리는 본편이 시작되면 마음껏 영화관 라이프를 즐겼다. 책이나 만화를 읽기도 하고, 아르바이트 학생은 학교 과제를 해치울 수도 있었다. 나는 졸업 논문도 이곳 접수대에서 썼다. 시사회 응모 엽서도 잔뜩 썼다. 3층 사무실에서 이따금 불쑥 내려오는 지배인에게 들키지만 않으면 우리는 그야말로 자유로웠다.

검표원 동료들과 영화 이야기로 침을 튀기고, 매점 아줌마들과 차를 마시며 야금야금 과자를 먹었다. 배가 부르면 꾸벅꾸벅 졸기도 했다. 가끔 깊이 잠들었다가 깨면 눈앞에 뜯겨나간 티켓이 몇 장씩 놓여 있을 때도 있었다. 관객들은 콧물 방울을 매달고 자는 검표원을 깨우기 미안했던지 살그머니 티켓을 놓고 들어가곤 했다.

특별한 영화가 걸리면 낮잠 따위는 잘 여유가 없다. 검표원들은 종종 접수대를 비우고 스크린을 훔쳐보러 갔다. 입구 근처 2층석 뒷문을 조금만 열고. 당시 검표원 아가씨와 아르바이트 남자들이 유독 좋아하던 영화 중에 특히 기억에 남는 영화가 〈전교생〉이다. 그 유명한 오바야시 노부히코 감독의 오노미치 삼부작° 중 첫 번째. 우리와 나이가 비슷한 남녀 배우들이 주인공을 맡아 몸이 뒤바뀌면서 벌어지는 희비극을 연기했는데, 다들 특정 장면의 특정 대사까지 술술 욀 정도로 반복해서 보고, 티켓을 뜯으며 재현했다.

영화의 막바지, 극장 안에서 〈트로이메라이〉°°가 들리기 시작하면, 우리는 서둘러 접수대를 빠져나와 문 안으로 얼굴을 들이밀었다. 사라지는 트럭을 쫓아 달리는 소녀를 보며 십대 후반이었던 나는 문틈으로 수도 없이 울었다.

그로부터 딱 25년. 나는 그 소녀와 그 스크린 앞에 서 있다.

ㅇ　오노미치를 배경으로 한 오바야시 노부히코 감독의 청춘 영화. 〈전교생〉, 〈시간을 달리는 소녀〉, 〈외로운 소녀〉로 이어진다.

ㅇㅇ　독일 작곡가 슈만의 피아노곡 〈어린이의 정경〉 중 제7곡.

무대 인사 도중에 무대 막을 지나 새하얀 스크린과 옆에 선 고바야시 사토미 씨의 모습을 원 숏으로 본 순간, 목이 메고 온몸이 아플 정도로 소름이 돋았다.

사실 내가 출연한 영화가 이 극장에 걸린 것이 이번이 처음은 아니었다. 〈자유로운 여신들〉이라는 1987년 쇼치쿠 영화에서 마쓰사카 게이코 씨의 성형 전 역할을 연기했고, 동시에 이곳 긴자 문화에서 그 영화의 티켓을 뜯었다. 비슷한 시기에 〈하치 이야기〉에서 〈전교생〉의 또 다른 배우, 오미 도시노리 씨와도 함께 연기했는데, 이쪽은 같은 쇼치쿠라도 외국영화 계열로 공개되었기 때문에 내가 내 영화의 티켓을 뜯는 위험한 상황을 그때까지는 어떻게든 피할 수 있었다.

아르바이트로 돈을 벌 필요가 없어진 뒤에도 낙원이나 마찬가지인 이 직장에서 멀어지기 싫어서, 텔레비전과 영화 일은 일대로 하는 동시에 검표원으로서 계속 티켓을 뜯었다.

그러나 이 무렵부터는 아무래도 접수대에 서기 어려워졌다. 상영관에서 나온 관객이 깜짝 놀라 내 얼굴을 다시 확인했다. 그야, 성형 전을 연기한 여자가 티켓을 뜯고 있으니까. "원래 이쪽이 본업이에요." 조용히 변명을 했지만, 남이 보기에는 밥벌이를 못하는 배우가 고달프게 밑바닥 인생을 사는 것처럼 보였으리라. 결국 이때를 기점으로 나는 검표원에서 배우로 전향하게 되었다.

결국, 나는 영화에 출연했기에 영화관을 떠나게 되었고, 20년 남짓 지나서는 영화에 출연했기에 다시 영화관에 돌아오게 되었다. 영화를 둘러싼 이 순환이 언제까지 이어질까.

무대 인사를 하는 단상에 서서, 관객의 허락을 얻어 객석 사진을 한 장 찍었다. 영화라면 과거의 내 모습이 비치는 연출이 가능했겠지만 아쉽게도 현실은 영화가 아니어서 사진에 단발머리 검표원은 찍히지 않았다.

"또 도라 씨의 계절이네."

영화관이 숨을 쉬는 것을 본 적이 있다.

약 20년 전, 긴자 문화에서는 오봉°과 연말연시가 대목이었다. 평소에는 한가해서 하품을 억지로 참던 검표원 아가씨들도 이때만큼은 쉴 틈 없이 바쁘다. 설날이면 우리가 출근하기도 전부터 극장 앞에 나들이옷을 차려입은 사람들이 줄을 섰다. 우리는 새해 인사도 대충 나눈 채 유니폼 걸옷을 걸치고, 앞다퉈 내밀어지는 티켓을 화려한 손놀림으로 뜯었다. 이 일이 '모기리'라는 그 이름과 잘 어울리는 직업이라는 사

○ 매년 양력 8월 15일을 중심으로 지내는 일본 최대의 명절.

실을 실감하는 순간이었다.

입장권을 절취선에 따라 아름답게 뜯으려면 기술이 조금 필요하다. '비틀어 떼다'라는 '모기리'의 뜻 그대로 표를 덥석 쥐고 오른손 엄지 밑동을 지렛대 삼아 순식간에 뜯어야 한다. 가끔 정성스럽게 접어 손끝으로 조심조심 뜯는 검표원을 보면 메밀국수를 소리 내지 않고 먹는 사람을 보는 기분이 들어 감질난다.° 줄을 선 관람객의 티켓을 팍팍 리드미컬하게 뜯어낼 때의 그 상쾌함이란. 지금도 나는 절취선이 들어간 종이를 보면 뜯고 싶어 안달이 난다. 우표 시트 따위를 받으면 순식간에 조각조각이다.

긴자 문화의 오봉과 연말연시, 즉 1년에 두 번 있는 〈남자는 괴로워〉 시즌은 그야말로 우리 검표원의 레드카펫, 검표원의 실력을 보여주는 순간이었다. 게다가 정초 사흘간 출근하면 세뱃돈도 받았다. 요즘 쓰는 동전이 아니라 500엔 지폐가 든 세뱃돈 봉투는 시급 450엔이던 검표원에게 정말 감사한 보너스였다. 나는 28편인 〈도라지로 종이풍선〉부터 39편인 〈도라지로 이야기〉까지, 이 국민적인 시리즈 영화에 검표

○ 일본에서는 메밀국수 등을 먹을 때 후루룩 소리를 내는 것을 예의로 여긴다.

원의 일원으로 참여했다.

한가한 평상시를 생각하면 이 바쁜 시기의 번잡함은 비교도 안 될 만큼 어마어마했다. 새해 첫 참배를 하고 온 단체 관람객, 여름방학에 가족 단위로 긴자 나들이를 온 사람들, 평소 영화를 보지 않는 사람들까지 우르르 극장으로 밀려온다. 이쯤 되면 축제나 마찬가지다. 팸플릿을 무료 배포물이라고 여기는 사람도 많았다. 팸플릿을 그냥 가져가려는 사람의 손을 붙잡은 채로, 지정석 시스템을 모르고 2층석으로 들어가려는 사람을 목청 높여 제지했다.

〈남자는 괴로워〉의 동시 상영 영화로 인기가 아주 많았던 〈낚시 바보 일지〉가 등장하기 전이어서, 당시 동시 상영 영화와는 혼잡한 정도가 비교할 수 없이 차이가 났다. 동시 상영 작품이 상영되는 중에도 〈남자는 괴로워〉의 좌석을 노리는 손님들이 끝없이 몰려들었다. 게다가 동시 상영이라고 해도 영화마다 지정석이 다르니 영화 한 편이 끝나고 자리를 교체하는 시간이면 그야말로 도라 씨가 돌아온 시바마타 역처럼 야단법석이었다.°

두 편의 요금을 내고도 도라 씨만 보는 사람도 많았다. 그러다 보니 빈자리에 얌체같이 앉는 사람, 동시 상영 순서를

착각하고 들어온 사람들 때문에 어쩔 수 없이 자리가 겹친다. 그럴 때 검표원은 관객에게 차례차례 자리를 안내하면서 여기저기에서 생기는 소소한 분쟁을 해결하러 돌아다녀야 한다. 그러다가 관객들 다툼을 말리려고 끼어들었다 도리어 다툼에 휘말려 삼파전의 큰 싸움이 벌어지기도 한다. 스크린 속에서도 밖에서도 둘 다 비슷하게 옥신각신하는 희극의 세계가 펼쳐진다.

보통 2시간 30분을 꽉꽉 채워서 받는 휴식 시간도 이 기간만큼은 누리지 못한다. 그럼에도 검표원들은 오봉과 정월이 다가오면 "또 도라 씨의 계절이네"라고 한숨을 쉬면서도 은근히 들떴다.

전원 지정석이 당연한 요즘은 보기 드문 광경이지만, 이 시기에 극장에는 입석으로 영화를 보는 관객이 눈을 의심할 정도로 넘쳐났다. 정말 말 그대로 넘쳐났다. 우리는 만원 전철을 관리하는 역무원처럼, 극장에 다 들어가지 못한 손님들을 꾹꾹 밀어 넣고 어깨로 문을 닫았다. 간신히 본편이 시작

○ 〈남자는 괴로워〉 시리즈는 도라 씨가 고향 시바마타를 떠났다가 돌아와서 이런저런 소동을 벌이는 방식으로 진행된다. 시바마타는 도쿄와 지바 경계선의 마을이다.

되고, 상영작 교체 시간에 콜라 마개를 따느라 바빴던 매점 아줌마들과 한숨을 돌리면 극장에서 그 소리가 들렸다.

"둥, 구웅, 두두두두두."

땅울림처럼 분명치 않은 소리. 극장의 심장 소리? 아니, 수많은 관객의 웃음소리다. 이 소리가 도를 넘으면 폭풍이 되어 영화관의 묵직한 문을 밀어젖혔다. 사람들의 훈김이 들끓는 상영관에서 웃음이 터질 때마다 문이 쿵쿵 열렸다가 닫혔다. 마치 살아 있는 생물 같았다. 극장이 거대한 괴수처럼 씩씩하게 약동하는 것처럼 보였다. 꿈을 꾸는 장면이 끝난 시점일까, 도라 씨가 출구로 착각하고 장롱의 이불과 격돌한 시점일까. 웃음의 열풍에 펑 터진 문을 볼 때마다 우리는 "아아, 또 극장이 숨을 쉬네!" 하고 신이 나서 수다를 떨었다. 검표원에게 가장 행복한 시간이다. 아마도 영화를 만든 사람들의 희열에 뒤지지 않을 것이다. 지금 나는, 그런 사실을 아주 잘 알고 있다.

"바보, 일본 영화관, 바보!"

어느 날 있었던 일이다. 영화가 한창 상영 중인데 한 남자가 나오더니 검표원에게 말을 건넸다.

"아들 녀석이 상태가 안 좋다고 하는데, 잠깐 밖에 내보내도 될까요?"

일시 외출은 티켓 반권에 도장을 찍고 허가해준다. 검표원은 당연히 "네, 그럼요" 하고 밝게 대답했다. 그러자 남자는 검표원이 보는 앞에서 천천히 바지 지퍼를 내리기 시작했다.

긴자 문화의 검표원 아가씨에게 닥치는 재난 중 하나다. 다른 영화관에도 아마 비슷한 이야기가 산더미처럼 있을 것이다. 이런 일이 발에 챌 정도로 굴러다닐 만큼 당시 영화관은 수컷 냄새가 진동했다.

명화 상영관인 긴자 문화 2는 당시 게이들의 헌팅 장소로도 유명했다. 상영관에서 화장실로 가는 복도에는 종종 남자들이 벽에 기대 누군가를 기다리는 표정으로 서 있었다. 그들은 그곳에서 눈빛을 교환하고 그대로 둘이서 화장실에 틀어박히거나 혹은 몰래 영화관을 빠져나갔다. 상영 중에 한 명, 두 명 연이어 나가는 손님은 대부분 그런 사람이라고 보면 되었다.

우리는 그 복도를 긴자 문화의 크리스토퍼 스트리트°라고 불렀다. 영화를 좋아하는 검표원들은 알 파치노가 주연한 영화 〈크루징〉을 보고 뉴욕에 그런 이름의 게이 스트리트가 있는 것을 알고 있었다.

빈자리가 많은데도 1층 뒤에 서서 보는 사람들은 대부분 '그쪽' 관계자들이다. 그들은 뒤에서 객석을 물색하거나 혹은 마찬가지로 서 있는 사람 중에 동지를 찾았다. 남자 아르바이트들은 장내의 혼잡한 상황을 살피기 위해 뒤쪽에 서 있

○ 1970년대 동성애자의 중심지로 유명했던 뉴욕의 거리. 성적 소수자가 억압에 대항한 상징적인 곳이기도 하다.

으면, 누군가 바로 등 뒤에 붙어 서서 뜨거운 입김을 분다면서 머리를 긁적였다. 요즘은 모르겠는데, 당시는 어느 영화관에서나 이런 방식의 만남이 있었을 것이다. 어쨌든 긴자 문화 2는 평일이든 대낮이든 뒤쪽은 늘 입석 관객으로 북적북적했다. 앞쪽 좌석이 텅 비었어도.

영화 상영 직전에 뛰어 들어온 서양인 여자가 상영관으로 들어갔다가 바로 나와서는 화를 버럭 낸 적이 있다. 영화로 학습한 덕분에 거친 슬랭만큼은 웬만큼 알아들었는데, 짐작하기로 티켓을 팔았으면서 자리가 없는 게 말이 되느냐고 항의하는 듯했다.

검표원들은 입석 회차에 외국인 관객이 오면, "스탠딩 룸 나우, 오케이?" 하고 반복해서 확인을 해야 했다. 입석 시스템이 없는 나라의 사람들이 모르고 들어갔다가 자리가 없다며 요금을 환불하라고 하는 경우가 많기 때문이다. 그러나 이번에는 자리가 있었다. 상연관 뒷문을 열자마자 어둠 속에 서 있는 한 무리의 남자들에 가로막혀 짜증이 났나 보다. 영어가 서툰 나는 직접 앞쪽 빈자리로 안내하려고 일어났다. 그러나 화가 가시지 않는지 그 사람은 한층 더 거칠어진 목소리로 "바보. 일본 영화관, 바보!" 하고, 할 줄 아는 일본어를 전부 써서 저주를 퍼붓고 가버렸다.

　단골 치한도 많았다. 검표원에게 꼭 먹을 것을 사주는 다정한 오카마°도 있었다. 손님이니까 차별할 수는 없지만, 그 단골 치한들과 다른 영화관에서 만나면 기분이 복잡했다. 남성 전문인 사람에게는 슬쩍 눈인사를 한다. 그쪽도 은근히 눈짓을 보낸다. 그러나 여성 전문인 사람은 곤란하다. 인사는 할 수 없다. 무슨 오해를 할지 모르니까.

　아는 사람이 아니어도 당시 나는 어지간한 잡배는 구분하는 눈이 있었다. 극장에서 수상쩍은 그림자를 인식하면, 최대한 눈에 잘 띄는 앞쪽에 자리를 잡고 어둠 속에서 뻗어 오는 손을 차단하려고 옆 좌석과 나 사이에 가방으로 견고한 성채를 만들어 대항했다. 그때는 어느 여자든 영화관에 가면 반드시 이런 문제가 따라붙었다.

　특히 명화 상영관에 갈 때는 삼엄한 경계 태세가 필요했다. 동시 상영 휴식 중에 상영관 내를 둘러보면 멋지게도 여자는 나 혼자인 경우도 드물지 않았다. 고민 끝에 아버지의

○　여장 남자, 트랜스젠더, 여성적인 남자 동성애자, 여성적인 남자 이성애자 등을 포괄적으로 지칭하는 단어로 경멸의 뉘앙스가 있다.

낡은 양복을 입고 넥타이에 모자까지 써서 완벽한 남자로 변신해 명화 상영관에 다닌 시절도 있었다. 너무 완벽한 덕분에 때때로 여자 화장실에서 소동이 벌어졌다. 화장실에 들어가자마자 비명 소리를 듣고 주의를 받은 적이 한두 번이 아니다. 아줌마가 갑자기 때리려고 한 적도 있었고, 볼일을 보는 사이 직원을 데려오기도 했다. 그때마다 "여자예요! 여자라고요!"라고 변명하는 것도 한심했고, 나중에는 "오나베°아니야?"라는 의심까지 받아 결국 완전 무장을 포기할 수밖에 없었는데, 그 정도로 약 20년 전의 영화관에는 다양한 종류의 남자들이 차고 넘쳤다.

○ 남장을 하고 남자처럼 행동하는 술집 여자, 혹은 남성적인 여자 동성애자를 일컫는 말.

"물론 지금은 아닙니다."

학창 시절 난로에 연탄을 땐 기억이 있는 세대는 몇 살부터 몇 살까지일까? 도쿄에서 태어난 동갑내기들에게 물었더니 대체 어느 시대 어느 지방의 이야기냐면서, 심지어 마치 고릿적 얘기를 듣는다는 듯 어리둥절한 표정을 짓는 이들도 있었다.

도쿄 남쪽 변두리 마을, 내가 초등학교에 다니던 시절 난방은 이른바 오뚝이 난로°였다. 당번이 양동이로 연탄을 담아 와서 쉬는 시간에 조금씩 넣고 땠다. 남들보다 더위를 배

○ 몸통이 불룩하고 둥근 모양의 난로를 말한다.

로 타는 나는 누가 부탁한 것도 아닌데 난로 당번을 도맡아
서는 연탄을 최소한으로 넣어 반 친구들을 속이곤 했다.

중학교는 건물 자체는 낡은 목조였지만 학교 전체가 동시
에 온도 조절이 되는 히터가 설치되어 있었다. 나는 특별히
허가를 받아 겨울에도 여름용 교복을 입고 창가 자리에 앉아
틈새 바람을 쐬었다.

이십대가 된 후 연탄 난방을 다시 '만날' 줄은 상상도 못했
다. 때는 쇼와 시대,° 그것도 후반부의 몇 년이다. 석탄이나
연탄의 추억은 종전 후에 급식으로 탈지분유를 마셨느냐 마
시지 않았느냐와 같은 수준의 머나먼 과거가 되었을 시절이
었다.

긴자 문화는 필름 교체 시간이 넉넉한 영화가 상영될 때는
점심시간을 오래 쓸 수 있었다. 시간은 많지만 돈은 없는 검
표원들은 도시락을 들고 경치가 좋은 곳을 찾아 느긋하게 런
치타임을 즐겼다. 히비야 공원, 하루미 부두, 긴자 거리의 백
화점 옥상. 그중에서 내가 좋아했던 곳은 긴자 문화 건물의
옥상이었다.

○ 1926년 12월 25일부터 1989년 1월 7일까지, 쇼와 천황의 통치 시기.

뒷골목 빌딩 위에서 바라보는 거리는 지상과 전혀 다른 얼굴을 보여주었다. 긴자 한가운데인데도 빌딩마다 빨래가 널린 옥탑방에 낡은 접이식 의자나 비치파라솔이 널브러져 있거나 몰래 키우는 식물이 꽃을 피우기도 했다. 일본 최고의 고급 상점가 상공에도 그렇게 조금은 생활의 냄새가 감돌았다.

검표원들은 스크린 너머로 펼쳐진 이국 거리를 동경하며 긴자 거리를 종종 뉴욕 5번가에 비유하기도 했는데, 긴자 문화의 옥상은 흡사 파리의 지붕 위 같았다. 우리는 "혹시 그 나라의 아파트먼트 생활은 이런 게 아닐까?"라고 상상하며 프랑스의 바게트가 아닌 기무라야의 단팥빵을 먹었다.

어느 겨울날, '아파트먼트'에서 보는 풍경에 이변이 생겼다. 평소처럼 옥상 문을 열었는데, 여름에는 존재를 깨닫지도 못했던 굴뚝에서 뭉게뭉게 시꺼먼 연기가 솟구치고 있었다. 모처럼 싸 온 하얀 밥에 그을음이 끼고, 바람에 따라 좌로 우로 방향을 바꾸는 연기에 쫓겨 우리는 허둥지둥 옥상에서 도망쳤다.

그때 처음으로 나는 그 건물의 비밀을 알았다. "보일러 상태가 이상해요!" 하고 보고하러 간 우리에게 "석탄을 때니까"라고 대답한 사원 기타무라 씨의 말투에는 아주 약간 겸

연쩍다는 울림이 섞여 있었다. 세상은 거품경제 직전, 이미 1980년대였다. 그런 시대에 두 개의 상영관에 시사실, 게다가 영화문화재단까지 입주해 있는 긴자 한가운데의 빌딩이 석탄으로 난방을 한다는 사실에 나는 큰 충격을 받았다.

그 사실은, 내가 석탄 난방으로 영화를 가장 많이 봤다는 뜻이었다. 긴자 문화 2에서 몇 번이나 상영된 〈블레이드 러너〉도 석탄의 온기 속에서 본 것이다. 자동차가 빌딩 사이를 날아다니고 리플리컨트가 암약하는 사이버 펑크한 근미래가 손에 잡힐 것처럼 느껴졌는데. 그런데 신기하게도 나는 이 빌딩 전체를 따뜻하게 할 대량의 석탄이 운반되는 모습을 본 기억이 없다. 동기 검표원들에게 물어도 이런 사실을 확실하게 아는 사람은 없었다.

딱 한 번, 지하의 전기실에 혼자 놀러 간 적이 있다. 마치 비밀의 문 같은 이중문 뒤로 통로가 있고, 통로를 따라가다 지하로 이어지는 좁은 계단을 내려간 것까지는 기억하는데, 그다음은 20년 남짓한 시간에 막혀 어렴풋하다. 실제로 석탄을 때는 모습을 목격한 기억은 전혀 없다. 작년에 무대 인사로 방문한 시네 스위치 긴자에서 지배인이 된 기타무라 씨에게 확인해보았다. 역시 틀림없이 당시의 난방은 석탄이었다.

"굴뚝에서 나온 연기가 거리를 뒤덮어서 긴자의 네온이 소프트 포커스 된 것처럼 보였지."

기타무라 씨는 기분 좋은 표정으로 그렇게 말하더니 갑자기 공손하게 "물론 지금은 아닙니다" 하고 덧붙였다. 나는 그럼 언제까지 석탄이었나요, 지금 그 설비는 어떻게 되었나요, 하고 질문을 퍼붓고 싶은 마음이 간절했지만 그냥 가라앉혔다. 어쩌면 지금도 긴자 한가운데 영화관의 지하 저 깊은 곳에서는 아무도 모르게 석탄이 타고 있을지 모른다. 몇백 명이나 되는 관객이 여전히 석탄 난방으로 영화를 보고 있을지도 모른다. 이렇게 생각하는 편이 즐겁다. 진실을 아는 것보다 훨씬 더 유쾌하다.

팸플릿 투덜이

어느 집 벽장에든 어린 시절의 보물을 담은 상자가 하나둘쯤 들어 있을 것이다. 영화광이라면 예전에 본 영화 팸플릿을 넣었을 것이 분명하다. 우리 부모님 댁 벽장에도 무거운 상자가 네댓 개, 떡하니 자리를 차지하고 있다.

어머니와 함께 나갔으니까 초등학생 무렵일까, 시부야의 도큐 명화 상영관에서 〈로마의 휴일〉을 보았다. 좀처럼 조르는 일이 없는 귀염성 없는 아이가 이날만큼은 고개까지 숙여가며 꼭 갖고 싶다고 팸플릿을 사달라고 졸랐다. 그날 나는 영화에 대한 감상은 뒷전이고, 오드리 헵번의 얼굴에 반했다.

처음에는 어머니가 "예뻐! 멋있어!"라며 흥분하는 그 여배우가 전혀 예뻐 보이지 않았다. 아무리 봐도 이상한 얼굴이었다. 그게, 각진 턱이잖아! 그런데 영화가 계속될수록 그 얼굴이 점점 더 매력적으로 보이기 시작했다. 영화관을 나올 때는 어머니 이상으로 흥분 상태였다. 네모난 얼굴로 태어나도 아름답다고 칭송을 받는 사람이 있다! 철이 들 무렵부터 사각형이다, 니카쿠°다, 줄곧 놀림을 받은 내게는 충격적인 사실이었다.

나는 손에 넣은 팸플릿을 책상 정면에 붙여놓고 거울처럼 매일 바라보았다. 티아라를 쓴 앤 공주가 우아하게 미소 짓는 사진. 이 팸플릿을 아침이고 밤이고 질릴 만큼 바라본 덕분에 비뚤어지고 내성적인 아이는 미소를 배웠다. 사각이지만 당당하게, 사람들 앞에서 입꼬리를 올리고 이를 드러내고 웃을 수 있게 되었다.

헵번의 미소를 배웠는데도 어딘지 애교 없는 검표원이 된 나는, 이번에는 팸플릿을 파는 사람이 되었다. 한 부에 350엔인 시대였다. 50엔이라는 거스름돈을 계산하느라 고생이어서 똑똑히 기억한다.

○ 만담가인 쇼후쿠테이 니카쿠 3대를 말한다. 얼굴형이 네모나다.

당시 영화관에는 알맹이인 영화보다 팸플릿을 노리고 오는 손님도 많았다. 검표원 동료 중에도 영화 감상에 뒤지지 않는 열정으로 팸플릿에 집착하는 친구가 있었다. 그녀는 새 영화 개봉일이면 어떻게 해서든지 휴식 시간에 빠져나가 해당 영화관에 가서 팸플릿을 샀다. 개봉일이 쉬는 날이어도 반드시 긴자로 와서 일대 영화관을 쭉 돌았다. 이른바 '관명 새김 팸플릿'을 모은 것이다.

로드쇼관, 특히 히비야나 유라쿠초의 플래그십 극장의 이름이 인쇄된 '관명 새김 팸플릿'은 발행 부수가 적어 희소가치가 있었다. 그래서 일찍 가지 않으면 동이 났다. 수집가들에게는 영화관 이름이 있는지 없는지에 따라 가치가 크게 달라진다고 들었다. 그래서 수집가였던 검표원 동료도 개봉 첫날에 팸플릿을 챙겨놓은 후에야 비로소 영화를 보러 다녔다.

시네 스위치가 되기 전의 긴자 문화는 관명 새김 팸플릿이 없었지만, 영화는 보지 않고 팸플릿만 사러 오는 손님이 꽤 있었다. 파는 쪽에서는 부록만 쏙 챙기고 본지는 외면당하는 것과 비슷한 쓸쓸함을 느꼈다. 심지어 팸플릿도 사지 않고 전단지만 받으러 오는 무리도 있었다. 그들은 우리가 열심히 진열한 전단지를 묶음째 뭉텅이로 가져갔다. 개중에는 전단지를 가져가게 해달라면서 극장에 들어와서는 그대로 상영관으로 잠입하려는 이상한 사람들까지 있었다.

　우리끼리 몰래 시몬 군이라고 부르며 두려워한 '팸플릿 투덜이'도 귀찮은 손님 중 하나였다. 그는 영화가 바뀔 때마다 두꺼운 비닐로 겉은 단단히 싼 타탄 체크 종이봉투를 들고 나타났다.

　그는 검표원이 한 번이라도 손에 들고 건넨 팸플릿은 절대로 받지 않았다. 가장 위에 놓인 것도 'NG'였다. 늘 허둥지둥 "만지지 마!"라며 검표원을 제지하고는 셔츠 소매 안으로 조심스럽게 손을 집어넣고 팸플릿 더미의 중간쯤에서 한 부를 부자유스러운 손으로 꺼냈다. 그리고 그것을 빛에 비춰 보며 꼼꼼히 살핀 뒤, 조금이라도 접힌 흔적이 있거나 지문이라도 묻어 있으면 냉큼 교환해달라고 요구했다.

　시몬 군뿐 아니라 모든 수집가에게 손 기름은 절대로 용납이 안 되는 듯했다. 하도 지문이니 기름이니 시끄럽게 항의해서, 언제부턴가 손님에게 팸플릿을 건넬 때는 아예 손바닥을 사용하지 않고 양쪽 손목에 끼워 내미는 습관이 생겼다.

　어느 날, 늘 그렇듯이 불평을 늘어놓는 시몬 군에게 "그럼 팸플릿을 읽을 때는 장갑을 끼세요?"라고 물어본 적이 있다. 그는 말도 안 된다는 듯이 고개를 젓고 "안 읽어요!"라고 외쳤다. 과연 시몬 군은 매번 종이봉투를 가득 채운 그 최상품으로 한바탕 돈을 벌었을까. 검표원 친구는 정성껏 모은 관명 새김 팸플릿을 지금도 소중히 간직하고 있을까.

부모님 댁에 쌓인 상자 속에도, 어쩌면 나도 모르게 손에 넣은 프리미엄 팸플릿이나 생각지 못한 '초레어 전단지'가 섞여 있을지도 모른다. 조사해보고 싶기도 한데, 그만두자. 그렇게 수없이 손때를 묻혀가며 만지고, 읽고, 질릴 정도로 살펴본 내 팸플릿은 세상에 내보내도 한 푼의 가치도 없을 테니까.

"지, 지, 직접 사오세요!"

요즘에는 잘 보이지 않지만, 얼마 전까지만 해도 영화관 입구에는 목욕탕 카운터와 비슷한 접수대가 설치되어 있었다. 긴자 문화의 경우, 명화 상영관이 있는 3층은 반원 어묵 같은 형태였고, 쇼치쿠 개봉관이 있는 지하는 호치키스 침 모양이었다. 접수대 아래에 바퀴가 달려 있어 우리는 그것을 데굴데굴 굴려 벽에서 떼어내 상반신을 밀어 넣고 그 안으로 쏙 들어갔다.

검표원의 그 접수대를 당시 긴자 문화에서는 '다카바'라고 불렀는데, 유래는 물론이고 어떤 한자를 쓰는지 아는 사람이 한 사람도 없었다. 우리 집에 있는 사전에도 그런 단어는 없었다. 나는 접수대에서 검표원들이 매처럼 눈을 반짝이며 영화관의 평화를 지키니까 매가 머무는 곳이라는 뜻의 '鷹場'라는 한자를 쓴다고 생각했다. 실제로 나는 매 같은 검표원이었다. 평소에는 다카바 뒤에서 꾸벅꾸벅 졸고 수다를 떠느라 정신이 없었으면서도 손님에게는 유난히 엄격하고 얄미운 검표원이었다.

개봉관에서 가장 주의해야 할 것은 지정석 감시다. 출입구에 가까운 지하 1층은 지정석, 일반석은 지하 2층으로 한 층 더 내려가야 하는 긴자 문화 1에서는 과실에 고의를 포함해 일반권으로 지정석에 섞이는 관객이 많았다. 도라 씨를 상영할 때나 특별한 주말 외에는 인기가 없는 지정석이니 그렇게 눈을 번뜩일 것도 없는데, 매 같은 검표원은 일말의 부정도 용납하지 않았다. 다카바에서 보이지 않는 문으로 침입하려는 확신범을 포착하면 "거긴 지정석입니다"라고 새된 소리로 땍땍거리며 지적했다. 체격이 아무리 건장한 상대라도 절대 물러서지 않고 맞섰다. 한번은 어둠의 세계에 속해 보이는 사람이 내 머리를 손가락으로 툭 쳐서 나도 모르게 대든 적도 있었다. 무서운 것도 없고 세상 물정도 모르는 스무 살 애송이였다.

그분은 늘 늦은 오후 시간에 오곤 했다. 가부키 전용 극장인 가부키자가 가깝기 때문인지, 그분은 비는 시간에 잠깐 들르는 듯한 분위기를 풍기며 창구에 나타나 예의 바르게 비지정석 당일권을 사고, 지하 극장에서 쇼치쿠의 개봉 영화를 보았다. 대체로 한 층 아래인 일반석으로 유유히 내려가는데, 무슨 일인지 그날은 다카바에서 바로 보이는 지정석으로 들어갔다.

물론 나는 그분의 얼굴도 이름도 알고 있었다. 가부키를 좋아하는 할머니 덕분에 어려서부터 일본 황실의 계보라도 되듯이 가부키 배우의 계보를 주입식으로 교육받았다. 그러니 그분이 어떤 사람인지 충분히 알고 있었다. 그러나 새파랗게 어린 아가씨는 융통이라는 단어를 몰랐다. 나는 다카바에서 뛰어나와 특등석에 앉은 그분에게 정해진 대로 주의를 주었다. 그분은 잠시 후 상영관에서 나오더니 딱 봐도 화가 잔뜩 난 모습으로 "얼마를 내면 되나?" 하고 큰 소리로 물었다. 다음 순간, "그럼 창구에서 다시 표를 사주세요"라는 내 고지식한 대꾸에 마침내 그분의 인내심의 끈이 끊어졌다. 그분은 손에 든 천 엔짜리 지폐를 한 장 한 장 내게 뿌리며 이렇게 외쳤다.

"네놈이 사 와!"

한 세대 전에 지방에서 올라온 집안이니까 나도 순수한 에도코°는 아니지만, 이렇게 된 이상 물러설 수 없다. 날아오는 천 엔 지폐를 족족 붙잡아 다시 던지며, 뒤집어진 목소리로 나도 외쳤다.

"지, 지, 직접 사오세요!"

결국 그분은 천 엔 지폐를 꽉 움켜쥐고 "돌아가겠어!"라는 말을 남기고 그대로 계단을 올라 나가버렸다.

그로부터 한동안 나는 인간 국보를 지정석에서 내쫓은 검표원으로 소문이 났다. 이 일화에 살이 붙어 내가 쇼치쿠 지배인에게 불려가 크게 혼났다는 소문이 있는데, 사실 그런 일은 없었다. 내가 지배인을 찾아가 말했다.

"쇼치쿠의 상징이나 마찬가지인 가부키°°의 유명인사와 다카바에서 싸우고 말았어요…."

지배인은 두려움에 질렸는지 "다른 사람이야, 다른 사람!" 하고 상대도 해주지 않는데, 나는 절대 사람을 잘못 보지 않았다. 그분은 틀림없이 나카무라 칸자부로, 바로 그분이었다.

○ 도쿄 토박이. 보통 위세가 당당하고 기질이 싹싹하다고 한다.
○○ 쇼치쿠는 가부키자, 미나미자 등 일본의 대형 가부키 극장을 소유하고 제작 시장도 독점한 기업이다.

요즘 영화관은 아르바이트생이라도 인사법이나 접객 매뉴얼을 철저히 공부한다고 들었다. 직원의 태도가 조금이라도 나쁘면 당장 클레임이 들어오고 인터넷에 잔뜩 비난이 올라온다고 한다. 손님과 드잡이를 벌이는 검표원이 멀쩡히 일하는 시대가 아니다. 다카바도 죽은 단어이니 매 같은 검표원도 이미 절멸했을 것이다.

그나저나 인터넷은 참 편리하다. 얼마 전에 다카바라는 단어를 검색했더니 유래를 금방 알 수 있었다. '다카바高場'는 가부키 용어였다. 옛날 극장에는 칸막이 관람석 뒤쪽, 혹은 무대 정면 아래쪽 관람석 구석에 한 단 높은 단을 설치하고 '다카바'라고 불렀다. 관계자가 다카바에 서서 자리 배분이나 감시를 했다고 한다. 나카무라 칸자부로가 이끈 헤이세이 나카무라자에도 만약 다카바가 있다면, 사죄하는 마음으로 꼭 일하고 싶다.

조금 여쭤볼 게
있는데요

"지금 노무기 고개°여서…."

일이 바빠 지쳤을 때, 만나자고 하는 친구에게 거절하면서 내가 꼭 쓰는 말이다. 같은 세대 친구들이야 금방 이해하긴 하겠지만, 내가 생각해도 참 아날로그적인 암호다.

사실 나는 정말로 노무기 고개에 일하러 가려고 한 적이 있다. 영화광의 꿈으로 잔뜩 부푼 중학생 시절, 신문 광고에서 〈아! 노무기 고개〉라는 영화의 엑스트라로 십대 소녀를

○ 19세기 말 20세기 초 일본에서 열 살을 갓 넘긴 여자아이들이 집안의 빚 대신에 팔려가 산꼭대기의 방적공장에서 일했던 것을 의미한다.

대량 모집한다는 기사를 읽었다. 보는 것만 좋아했지 영화 제작 쪽에는 전혀 흥미가 없었지만, 나와 비슷한 나이의 소녀들이 필요하다는 데 묘한 사명감을 느껴서 용감하게 응모했다. 응모 후 받은 서류에는 자세한 모집 요강이 적혀 있었다. 영화 내용은 돈을 벌려고 히다 지방에서 노무기 고개를 넘어 처우가 가혹한 신주의 방적공장으로 간 메이지 시대°의 가난한 여공의 이야기인데, 머리카락은 묶을 수 있게 어깨선보다 내려와야 한다고 했다. 어려서부터 짧은 커트의 단발주의자였던 나는 깔끔하게 포기했다.

그로부터 몇 년쯤 후, 나는 노무기 고개와 정반대인 우스이 고개를 넘어 신주가 아니라 가루이자와로 돈을 벌러 가게 되었다. 대학 연극부 선배가 여름방학에 리조트에서 일하며 독립영화를 만들자고 하는 제안에 홀딱 속아 넘어가 부원 몇 명과 함께 팔려간 것이다.

시설 좋은 고원 리조트에서 놀면서 돈을 벌 수 있다, 그런 달콤한 이야기가 있을 리 없다. 타임카드가 없어서 아침부터

○   1868년 1월 3일부터 1912년 7월 30일, 메이지 유신 이후 메이지 천황이 통치한 시기.

밤까지 눈을 뜨고 있는 이상 일을 했다. 숙식 제공이니 도망치지도 못했다. 8밀리 카메라를 돌릴 여유도 없었다. 부대시설 예약 절차부터 테니스 코트 공 줍기까지, 일이란 일은 전부 돌아가며 해야 했다. 밥이 나오긴 했지만, 아침은 쌀밥에 건더기라곤 없는 된장국, 테이블 가운데에 생달걀을 담은 바구니가 전부였을 뿐이다.

며칠 후, 여자 선배가 과로로 쓰러지는 바람에 나는 빛도 들어오지 않는 골방에 누운 선배의 머리맡에 매일 밤 몰래 죽을 날랐다. 우리는 훌쩍훌쩍 울며 고개를 넘어 돌아갈 날을 손꼽아 기다렸다. 그때 내게 법률 지식이 조금이라도 있었다면 상황이 조금은 달라졌을지도 모른다. 어쨌거나 노동시간도 위법이었고, 일당도 2천 엔이라는 말도 안 되는 박봉이었으니까. 2주 꼬박 일해도 3만 엔이 안 된다. 성질이 나서 돌아오는 길에 드라이브를 하러 가서 전부 다 써버렸다. 결국 도쿄에서 태어나 먹고 자는 데 문제없는 학생이 겪은 한여름의 납량 이벤트로 끝났다.

한편, 긴자 문화의 검표원 시급은 450엔이었다. 하루 8시간 일해서 약 3,600엔. 당시에도 500엔 이하의 시급을 받으며 느긋하게 일하는 학생은 거의 없었으니까 이 역시 도쿄

태생의 사치스러운 선택지였을지도 모른다. 긴자에서 낮에 서빙하면 550엔에서 600엔, 밤에 술을 서빙하면 2천 엔 이상 이었다. 수입이 쏠쏠한 일은 달리 얼마든지 있었다. 이 나라 평균 시급이 천 엔이 넘은 시대에, 영화관 아르바이트는 지금도 700엔에서 고작해야 900엔 정도다. 옛날이나 지금이나 절대 돈벌이가 되는 직종은 아니다. 싼 시급에도 아랑곳하지 않고 영화관에 일하러 오는 사람들은 영화를 사랑하는 마음이 대단한 사람들이다. 그런 순수한 동호인들과 대화를 나눌 수 있는데 월급까지 받는다. 그때 내게는 대학 연극부나 영화 연구부에 틀어박히는 것보다 훨씬 효율적으로 시간을 쓰는 방법으로 보였다.

그렇다고 해서 내가 저임금에 만족한 것은 또 아니다. 어느 날, 다카바에서 신문을 읽다가 불온한 사실을 발견했다. 그래서 망설이지 않고 신문을 들고 지배인에게 직접 따지러 갔다. 겉으로는 최대한 저자세로, "조금 여쭤볼 게 있는데요" 하고 의뭉스럽게 굴면서.

"그러니까요, 여기 도쿄도의 최저 임금이 450엔으로 설정되었다고 적혀 있는데요, 이게 450엔이라면 괜찮다는 건가요? 안 괜찮다는 건가요?"

일본에는 최저임금법이라는 일종의 노동법이 있어서 직종이나 지역에 따라 각각 정해진 기준이 있다. 대학에서 문학부에 다닌 나는 이 신문기사를 읽을 때까지 그런 법률의 존재조차 몰랐다. 물론, 우리 시급이 도쿄 노동자의 최저 수준인 줄도 몰랐다.

어쨌든 이렇게라도 쑤셔본 가치가 있었다. 그다음다음 달부터 기쁘게도 시급이 480엔으로 올랐다. 지배인도 최저 임금이라는 단어가 아무래도 걸렸나 보다. 세상 물정 모르는 척하며 시도한 나의 임금 인상 교섭은 장하게도 30엔 인상이라는 쾌거를 이뤘다. 하루에 240엔이나 수입이 늘었다. 여기에 10엔을 더하면 극장과 나란히 있는 선술집 요로노타키에서 좋아하는 고기우동을 먹을 수 있었다. 대단한 성과였다. 이로써 내 긴자 영화관 생활도 제법 호화로워졌다. 나의 소소한 검표원 애사哀史 중 한 페이지다.

내 머릿속의 주판

"가타기리, 부탁이니까 끝까지 계산하려고 노력을 해. 한 문제라도 좋으니까 답을 채우라고!"

수학 추가 시험 도중에 팔짱을 끼고 내 옆에 붙어 선 선생님의 목소리가 떨리더니 곧 눈가에 눈물이 고였다.

"이러면 채점을 어떻게 하라는 거니!"

선생님의 목소리는 비명에 가까웠다. 하지만 울고 싶은 건 이쪽이다. 숫자가 나열된 것을 보기만 해도 뇌가 바싹 얼어붙고 초점이 흐릿해지는 게 느껴진다. 중학생 때도, 고등학생 때도, 이 과목에서 나는 늘 학년 꼴찌를 다퉜다. 지금도 숫자와 관련된 모든 것이 서툴다. 묘하게 세상살이 계산은

잘하는 것 같은데 현실 계산은 죄다 주먹구구식이다. 그래서 일도 최대한 계산과 연관이 없는 직종을 골라야 했다. 수많은 직업 중에 검표원과 배우는 이런 나도 일을 할 수 있는 희귀한 직종이다.

긴자 문화에는 검표원 이외에 매점 판매원과 소위 '테케츠'라고 불리던 매표소 판매원이 있었다. 우리가 '출찰구'라고 부르던 그곳에는 같은 아르바이트 직원이라고 해도 조금은 언니 느낌의 여자들이 배치되었다. 1년쯤 일해 신용을 얻은 검표원들은 손이 부족할 때면 출찰구로 증원 배치되기도 했다.

팸플릿만 팔면 그만인 검표원의 다카바와 달리 출찰구는 만 엔짜리 지폐가 날아다니는 계산의 세계이다. 천 엔이 넘어가면 눈이 흐리멍덩해져서 5천 엔과 만 엔 지폐를 잘못 거슬러 주곤 하는 나는 결국 단 한 번도 출찰구에 앉아보지 못했다. 동기나 후배 검표원들이 차례차례 출세하는 가운데, 7년이나 일했으면서도 순수하게 검표원만 한 인간은 그 당시에도 아마 나뿐이었으리라.

이렇게 수학적 두뇌가 완벽하리만치 없는 내가 딱 한 번,

식은땀을 흘리며 치밀하게 계산을 한 적이 있다. 도쿄 최저 임금을 자랑한 450엔 시급이 480엔으로 오른 이후의 일이다. 긴자 중심가 오모테 거리의 그릴에서 웨이트리스로 일해 달라는 요청이 들어왔다. 시급은 600엔. 영화관과 마찬가지로 하루에 8시간, 일주일에 세 번 일하면 한 달에 1만 1,520엔이나 수입이 늘어난다는 계산이 나온다. 그러나 영화관을 그만두면서 생기는 손실을 그만큼 빼야 한다. 나는 다카바에서 필사적으로 전자계산기를 두드렸다.

긴자 문화 1과 2, 두 극장에서 한 달에 볼 수 있는 영화는 약 여섯 편에서 여덟 편이다. 단독 상영에 주마다 바뀌는 명화 상영관은 600엔, 일본 개봉작을 동시 상영하는 로드쇼관은 1,500엔. 게다가 한 달이 지나기 전에 새 영화가 개봉하면 영화를 두 편 더 볼 수 있는 셈이다. 돈으로 환산하면 5,400엔. 우선 이것을 잃을 각오를 해야 한다.

그리고 무엇보다 중요한 것은 월초에 받는 다른 영화관의 초대권 두 장. 유명한 로드쇼관이 옹기종기 모인 이 지역 극장의 초대권은 시급이 적은 검표원에게는 귀중한 옵션이었다. 초대권은 두 장을 세트로 받는데, 영화가 바뀌면 혼자 두 번 사용할 수 있다. 검표원 동료끼리 교섭이 성립하면 한 장 남은 초대권을 서로 교환할 수도 있다. 우리는 보고 싶은 영화의 초대권을 얻으려고 월초에 반드시 아르바이트 스케줄을 넣었다. 이것만으로도 최소한 3,000엔의 부수입은 확실하다. 눈 깜짝할 사이에 합쳐서 8,400엔이다.

그 외에 영화관에는 시사회 초대장이 자주 온다. 공짜로 최신 영화를 볼 수 있다. 또 검표원들의 윗사람인 정사원이 기분이 좋을 때, "오늘 오전반 끝나면 〈가프〉를 보러 가고 싶은데요"라고 조르면 흔쾌히 해당 영화관에 전화를 걸어주기도 했다. 이 전부를 합치면 한 달에 1만 엔 이상 영화를 볼 권리를 날려버려야 하는 셈이다.

시부야나 신주쿠 영화 거리에는 이런 '은혜' 이외에도 그 지역 극장을 자유롭게 입장할 수 있는 흥행 패스가 있다고 들어서 내심 동경했지만, 그렇다고 긴자가 아닌 곳으로 일자리를 바꿀 생각은 없었다. 그런 패스가 없는 대신에 나는 영화를 공짜로 보는 비밀 수단이 하나 더 있었다.

시효가 지난 것 같으니 고백하는데, 검표원에게는 '안 뜯는' 기술이 있다. 손님이 주주 초대권이나 다른 극장에서도 사용할 수 있는 공통권을 내밀면, 티켓을 뜯지 않고 시치미를 뚝 떼고 내 것으로 삼는 술수다. 물론 이 방법은 반권을 받지 않을 것처럼 보이는 손님일 때만 성공한다. 나는 몇 번인가 이 기술을 써서 다른 극장의 로드쇼를 몰래 즐겼다.

이리하여 숫자치가 한 일생일대의 계산은 드물게도 정확한 답을 냈다. 높은 시급을 받으며 일해서 1만 엔이 넘는 현금을 손에 넣어도 나는 절대 돈을 더 벌지 못한다는 계산이다. 이는 세상의 수식과는 다른, 나만의 맞춤 주판을 두드려 얻어낸 답이다.

텅 빈 커다란 상자 속에
혼자 있는 기분은

수영장 바닥에 누워 여름 햇살이 반짝이는 수면을 올려다본다. 지상과는 다른 신비로운 소리의 품에 안겨 흔들리면서, 빛과 물이 튕기며 어우러지는 광경을 멍하니 지켜본다. 기분이 좋다 못해 어느새 몸의 경계가 모호해져 물에 녹아버릴 것 같다. 숨쉬기에 서툴러서 수영은 영 못하지만 잠수는 아주 좋아한다. 그것도 익사체처럼 물 저 아래에 큰대자로 누워 흔들리는 것을 좋아한다.

마찬가지로 극장 바닥에 눕는 것도 좋아한다. 무대에 서는 일이 많으므로 극장은 내가 가장 자주 신세를 지는 일터다. 그런 관계로 애정을 담아 '고야°'라고 부르기도 한다. 공연에 들어가면 누구보다 일찍 고야이리°°를 한다. 일을 좋아해서 가 아니다. 그저 극장에 있는 것이 좋다. 아무도 없는 객석에 오도카니 앉아 있거나 무대 위에 큰대자로 누워 높고 광활한 천장을 올려다본다. 갖가지 색의 조명이 반짝이는 것이 마치 깊고 깊은 물 아래에서 우주를 올려다보는 것 같다. 그곳에서 몸을 흔들면 몸이 정말로 녹아내려 고야 그 자체에 흡수되는 기분이 든다. 본 공연 전에 내가 갖는 가장 행복한 시간이다.

극장에는 저마다 기운 비슷한 것이 있어서, 그곳에 있기만 해도 좋은 기운이 충족되는 곳이 있는가 하면 연기할 때마다 에너지를 빼앗기는 공간도 있다. 건물이나 무대 구조 따위의 문제도 있겠지만, 대부분 그 극장이 지닌 분위기의 문제다. 극장, 영화관, 거대하고 텅 비었으며 요사스럽게 어두컴컴한 곳. 그런 공간에 있으면 왠지 피가 끓어오르듯이 흥분되면서 묘하게 마음이 평화로워진다. 왜 그럴까? 전생의 기억? 아니면 태내의 기억? 어쨌든 정체 모를 집착에 이끌려서 나는 일할 곳을 선택한 셈이다.

○ '오두막집', '움막'이라는 뜻.
○○ 연극 등 공연을 올릴 때 배우와 스태프가 공연 전에 극장에서 필요한 준비 작업을 하는 기간을 말한다.

영화관에서 일하게 되면서 처음으로 아무도 없는 극장을 체험했다. 이른 아침 문 열기 전. 마지막 회차 관객이 나간 뒤. 텅 빈 커다란 상자 속에 혼자 있는 기분은 짜릿했다. 직원의 특권으로 나는 늘 그 큰 공간을 행복하게 독점했다. 관객이 없는 극장은 그야말로 물이 없는 풀장이었다.

얼마 전, 오랜만에 그 그리운 감촉을 맛보았다. 이 에세이 연재에 쓸 사진을 찍으려고 오래전에 문을 닫은 영화관으로 촬영을 하러 갔다. 요코하마 미야가와초의 가모메자. 노게초와 이세자키초 일대를 돌아다닐 때면 늘 그 앞을 지나치게 돼 궁금했던 오래된 영화관이다. 1952년 오카강 연안의 골목에 살그머니 뿌리를 내린 후, 현대까지 남은 몇 되지 않는 단독 상영관 중 하나다.

둥근 투시창이 달린 고풍스러운 문을 열고, 5년 전에 폐관했다는 극장 안으로 들어갔다. 세월만큼의 먼지 냄새가 물씬 덮쳐왔다. 낙상 사고가 날지 모른다는 이유로 한참 전부터 출입이 금지된, 2층석이 있는 상영관 내부는 천장이 높고 유난히 휑했다. 당황스러울 만큼 선명한 주홍색 비닐 재질의 객석은 오래된 '고야'치고는 아직 깔끔해서 어슴푸레함 속에서도 불그스름하게 빛났다.

끝나버린 영화관에 몸을 담고 있으니 커다란 관 속에 들어가 있는 기분이었다. 오싹오싹 흥분되고 뭔가 요염한 기분까지 들었다. 촬영 준비를 기다리는 동안, 나는 객석에 앉아 극장으로 사르르 녹아들었다. 곰팡이와 먼지가 충만한 공기를 한껏 들이마시자 희미하게 나뭇진 냄새도 났다.

'가모메', 즉 '갈매기'라는 이름대로 요코하마 항구의 노동자나 선원들이 자주 방문했다는 이 외화 전문 상영관은 아무리 금연이라고 붙여놓아도 상영 중에 담배를 피우는 사람이 끊이지 않았다고 한다. 예전에는 영화관에서 그런 광경을 흔히 볼 수 있었다. 전 지배인인 아라키 씨는 "아무리 지적을 해도 소용없었죠. 게다가 결국 우리도 담배를 피우니까 어쩔 수 없었죠. 여긴 훈제실이라고도 불렸습니다"라며 웃었다. 청소하려고 천장에 물을 뿌리면 지금도 새까만 물이 뚝뚝 떨어진다고 한다.

영화도 연극도 어둠의 특산물이니, 그것을 키우는 어둠은 유해하고 무해한 온갖 것을 보듬고 비옥해지는 편이 나을지도 모른다. 상영관 내부는 그렇게 한때 그곳에 소용돌이치던 연기와 같은 쓴맛과 단맛이 지펴지고 훈제처럼 스며들어 지금도 생생한 색과 향기를 내뿜고 있었다.

뭐, 추억은 자유다

촬영용으로 가져온 내 파란색 겉옷을 입자, 전 지배인인 아라키 씨가 "오오, 우리 아줌마들이 입던 것과 같군요"라고 말하고, 듬성듬성 빠진 이를 드러내 보이며 웃었다. 유난히 선정적인 청자색의 레이스 커튼이 젖혀진 매표소 안에는 과연, 내 것과 모양이 같은 검표원 겉옷이 걸려 있었다.

내가 긴자 문화에서 이 상의를 입고 일한 시기는 사실 초창기 1년 정도다. 그 후로는 파란색 조끼 스타일로 바뀌었고, 내가 은퇴한 뒤에야 비로소 마루노우치°의 여성 회사원이

○ 도쿄 역 건너편 지역으로, 유명 기업들의 본사가 밀집되어 있다.

입을 법한 세련된 유니폼이 도입되었다. 유라쿠초 근방 영화관에서는 내 현역 시절부터 유니폼이 당연했으니 이런 겉옷을 입은 검표원은 20년 남짓한 그 예전에도 이미 시대에 뒤처진 느낌이었다. 그런데 여기 요코하마의 가모메자에서는 5년 전에 폐관하던 그날까지도 이 구식 겉옷을 사용했다고 한다. 주머니 속에 뭉친 휴지 따위가 들어 있어서 마치 어제 벗어 놓은 것만 같은 온기가 느껴졌다.

1년에 대여섯 번은 영화나 텔레비전 프로그램에서 촬영을 하러 온다는, 나름 인기 있는 명소라서 그런지 상영관 안은 때때로 먼지를 터는 듯했다. 하지만 카메라가 닿지 않는 대기실이나 매표소 서랍은 운명의 그날에 시간이 멈춰 있었다.

2002년 달력이 여전히 붙어 있고, 티켓에 찍는 도장은 운명의 날이 11월 10일이었음을 알려주었다. 티켓은 내가 검표원 시절 섬세하게 주의를 기울여 뜯던 것과 마찬가지로 얇은 종이였다. 가격은 800엔. 실내 흡연자가 많은 것으로 유명했다는 이 극장의 담배 자판기도 마일드세븐이 250엔인 채였다.° 상영이 끝난 영화의 포스터를 잘라 만든 메모장에 마지

° 현재 마일드세븐의 가격은 410엔 정도다.

막 작품인 〈타이거랜드〉와 〈아웃 콜드〉의 각 회 관객 수와 그날의 날씨 등이 자세히 적혀 있었다. 그러고 보니 나도 종종 다카바에서 용도가 다한 포스터로 메모장이나 팸플릿 판매금을 넣는 봉투 따위를 자르고 붙여 만들었다. 카모메자의 5년 전이 긴자 문화의 20년 전과 겹쳐졌다. 나는 옛날 유적을 발굴하는 기분으로 출토품을 살펴보고 소중히 원래 자리에 되돌려놓았다.

상연관에서 단 하나, 로비 정면에 걸린 커다란 기둥 시계만이 정확히 지금 시간을 가리키고 있었다. 추가 망가졌다고 하는 이 앤티크 시계는 중요한 바로 그 추 부분을 베니어판으로 덮었고 문자판에 건전지 시계가 박혀 있었다. "요즘은 구식 손목시계가 유행하기도 하니까 저 추도 고칠 수 있겠지만, 예전 기술로는 고치기 어려웠거든요." 그렇게 아쉬운지, 아라키 씨는 낡은 시계 이야기를 몇 번이나 꺼냈다.

화창한 일요일 오후, 상영관 정문 골목은 경마장에서 나온 아저씨들로 붐볐다. 몇 채 건너에 있는 고온자에서는 여전히 오구라 영화사의 게이 영화나 포르노 영화가 두 관에서 상영되고 있었다. 가끔 분위기가 요사스러운 남자들이나 여장한 미인이 지나갔다. 카모메자의 매표소 카운터는 선술집에서 쫓겨난 길거리 술꾼들이 모이기 좋은 곳이었는지, 꼬치구이의 꼬치 몇 점이나 빈 맥주 캔이 널려 있었다. 정리를 해도 금방 다음 손님이 나타난다.

선술집 정면에는 가모메자보다 오래된 막과자 가게가 있었다. 오후 1시, 개점을 기다리는 아이들이 하나둘 모였다. 유흥가인데 이런 이질적인 광경이 신기하게 잘 어울렸다. 아이 중 하나가 나를 보고 외쳤다.

"어, 마츠야마 켄이치의 드라마에 나오죠!"

마츠야마 켄이치를 좋아하는지 묻자, "응. L이었잖아요. 가네코 슈스케의 영화°에서"라는 것이다. 제목보다 감독 이름으로 영화를 말하다니, 대단한 초등학교 5학년생이다. 선술집에서 잠깐 외출을 했는지, 맥주잔을 손에 든 오십대 취객도 와서 이야기에 끼어들었다.

"나는 여기에서 구로키 가즈오 감독의 영화를 종종 봤다오."

아니요, 가모메자는 외화 전문 상영관이었는데요. 뭐, 추억은 자유다.

해체되기를 기다릴 뿐인 영화관 앞에서 〈데스 노트〉를 너

○ 영화 〈데스 노트〉를 말한다.

무도 사랑하는 초등학생과 〈축제 준비〉나 〈료마 암살〉 같은 옛날 영화 이야기를 하고 싶어 죽겠는 취객과 맞물리진 않았지만 생각보다 유쾌한 영화 토론이 이루어졌다. 건물은 유적처럼 시간이 멈췄는데, 한때 번화한 극장가였던 이곳의 자기장은 생각보다 강력하게 이 마을에 숨 쉬고 있나 보다.

"요전에는 나카마 유키에도 왔었어!"

아이들이 입을 모아 배우가 왔었다고 자랑했다. 이 극장은 영화를 상영하는 역할을 마치고, 지금은 전적으로 영화에 출연하는 입장이 되었다. 뭐야, 나랑 똑같잖아. 파란색 검표원 겉옷을 입고 사진을 찍으며, 나는 가모메자에 형용하지 못할 그리움을 느꼈다.

기분만큼은 자메이카다

혹독한 여름 내내 뒷전으로 미뤄둔 방 정리를 하려고 하는데 그러면 그렇지, 또 옛날 잡지에 사로잡히고 말았다. 누렇게 바랜 페이지에 20년 전 휘갈긴 문장이 눈에 띄는 순간, 나도 모르게 손이 멈췄다. 검표원을 은퇴하고 얼마 지나지 않아 쓴 글로, 당시 늘어나기 시작한 '상영관 내 음식 섭취 엄금주의'를 표방한 단관계° 미니시어터에 대해 뜨겁게 울분을 토하고 있었다.

"바닥이 콜라로 끈적거리지 않는 영화관에서 나보고 뭘 보라는 거야!"

"영화 결말이 마음에 들지 않을 때, 팝콘 대신에 뭘 집어

던지면 되냐고!"

이십대 중반 애송이의 피가 들끓는 억지 이론이 이어졌다. 영화를 종교처럼 신봉한 어린 시절에는 옆자리에 앉은 친구가 건네주는 과자가 그야말로 방해물이었다. 희미하게 풍기는 센베이의 간장 냄새에도 짜증을 낼 정도로 스토익한 관객이었다. 그랬으면서 영화관에서 일하기 시작한 후로는 영화를 감상하는 것에서 극장을 즐기는 쪽으로 변했다. 일단 이렇게 되니 전향에도 가속도가 붙어, 과자는 물론이고 손으로 더듬더듬 소리 내지 않고 단밤을 까서 먹기도 했다.

현역 검표원 시절에는 휴식 시간에 영화관 안에서 점심을 먹는 것이 당연했다. 물론 손님 눈에 띄지 않도록, 냄새가 나지 않도록 각별히 신경 쓰면서. 극장 안에서 도시락을 열고, 컵라면을 먹고, 가끔은 우아하게 홍차를 우려서 디저트로 케이크를 먹었다. 손님은 물론이고 지배인 눈도 피해서 가끔은 배달 음식도 시켰다. 근처 메밀국숫집에 배달을 시켜 그릇째 들고 상영관으로 돌입하는 것이다. 비어 있는 앞자리를 노리니까 다행히 손님에게 들키진 않았으나, 어쩌면 영사기 빛줄

○ 대형 배급사에 속하지 않은 영화관을 말한다.

기에 그릇에서 뭉게뭉게 올라오는 김이 비쳤을지도 모른다.

검표원 동료들과 영화를 보러 갈 때는 당연히 먹을 것이 따라왔다. 내용에 맞춰 메뉴를 정했다. 예를 들어 〈칵테일〉이라는 톰 크루즈 주연의 골든라즈베리상° 수상 영화에는 트로피컬 버거. 비치 보이스의 노래 〈코코모〉가 흐르는 순간, 파인애플이 들어간 햄버거를 일제히 먹는다. 기분만큼은 자메이카다. 이렇게 어떤 영화에도 소소한 이벤트가 따라왔다. 그렇다, 즐거운 것은 항상 맛있는 것과 함께하는 법이다.

그런 야만적인 환경에서 지낸 탓에 나와 동료들은 미니시어터의 음식 섭취 금지 시스템에는 도무지 익숙해지지 못했다. 먹고 마시는 문제뿐만이 아니라 회차별로 관객들이 한꺼번에 들고 나는 점도 마음에 들지 않았다. 아무튼, 80년대 초부터 늘어나기 시작한 미니시어터는 우리에게는 넘을 수 없는 높은 문턱처럼 느껴졌다.

한 검표원은 화제의 영화라서 줄을 설 각오로 갔다가 "번호표를 주지 뭐야"라며 떨떠름한 표정으로 돌아왔다. 우리

○ 일명 '래지상'이라고 불린다. 미국에서 한 해 제작된 영화들 중 최악의 영화와 최악의 배우를 선정해 아카데미상 시상식 하루 전날에 발표한다.

에게 영화란, 보는 것도 즐겁지만 혼잡한 장내에서 호시탐탐 다음 회를 기다리며 자리를 놓고 다투는 것도 큰 즐거움 중 하나였다.

한편, 미니시어터에서 영화를 절반만 보고 온 검표원도 있었다. 영화 상영 도중 입장은 절대 불가이니 당연히 처음부터 객석에 있었는데, 상영 중반부터 말 그대로 영화가 두 동강이 나버렸다. 영상이 스크린에 절반만 나온 것이다. 그런데 무슨 일인지 아무도 불평을 늘어놓는 사람이 없어서 이것도 예술 작품의 전위적인 표현 방법인 건가 생각하고 그냥 봤다고 한다. 만약 긴자 문화였다면 잠깐이라도 필름이 어긋나거나 끊어지는 문제가 생기면 당장 장내에서 격노한 함성이 일었을 것이다.

하지만 우리는 이렇게 투덜거리면서도 조금씩 미니시어터의 시스템에 익숙해져갔다. 그곳에서 상영해주는 유럽이나 아시아의 예술영화를 어떻게든 보고 싶었기 때문이다. 그리고 내가 은퇴하고 얼마 지나지 않아 긴자 문화도 시네 스위치 긴자로 이름을 바꾸고 이른바 미니시어터의 대열에 들어갔다. 그래도 시네 스위치는 상영 중 음식 섭취는 물론이고 예전 관객을 배려해 지금까지도 여전히 전석 교체제가 없으며, 상영 도중 입장과 퇴장도 자유롭다. 미니시어터뿐만

,나라 로드쇼관 대부분에 전석 교체제가 침투한 지금, 참 드문 영화관이다.

그나저나 다행히도 현재 음식 섭취를 금하는 영화관이 주류가 되진 않았고, 오히려 의자에 컵걸이가 달린 친절한 극장이 늘어나는 추세다. 어느 복합 영화관에 가도 팝콘의 버터 냄새가 유혹한다. 그래도 딱 한 가지만 말하자면, 상투를 틀고 나오는 시대극도, 중국 산골짜기 이야기도, 그 밖의 다른 영화도 전부 똑같이 버터 냄새로 추억할 것 같아서 조금 불만이긴 하다. 마흔을 넘은 나는 비교적 차분하게, 아주 작은 소리로 울분을 토한다.

"누님은 계시나?"

영화관 매점이라면 역시 아줌마다. 아저씨나 누님이 아니라 실제 연령과는 관계없이 아줌마라고 불릴 사람이 앉았으면 좋겠다.

긴자 문화에도 최고 전성기에는 두 개 상영관에 세 개나 되는 매점이 있었다. 유리 케이스 같은 공간에 축제 때 서는 포장마차처럼 콜라나 환타 병을 얼음물에 담근 냉장고와 오로지 아이스 모나카만 있는 냉동박스가 있었다. 진열된 과자는 봉지 팝콘과 포테이토칩. 여기에 '센베이에 캐러멜'°이라는 말이 있듯이 각종 센베이와 모리나가 하이소프트 캐러멜. 맥주 안주로 초절임 다시마와 오징어 따위의 냄새 나는 상품도 갖췄다. 그리고 그 유리로 된 요새 안에는 어린 아르바이트생들을 이끄는 매점 아줌마가 늘 당당하게 군림했다.

주 3일 근무의 아르바이트 검표원들과 달리 매점 아줌마들은 정식 사원이다. 오봉이나 정월과 관계없이 일주일에 하루만 쉬며 이 휘황찬란한 요새를 지키는, 그야말로 영화관의 주인 같은 존재다.

현역 시절, 아줌마 중에서도 가장 큰 권력을 가진 사람은 요시무라 씨였다. 아주 어렸을 때 미용사로 일한 경력이 있어서 매일 아침 여성 트리오 슈프림스처럼 풍성한 흑발을 높이 올리고 나타났다. 이십대 때부터 오이와, 가메이도, 이케부쿠로 등의 지역에서 인생 대부분을 영화관 검표원으로 살아온, 우리의 대선배이기도 했다. 학생 아르바이트가 중심인 긴자 문화에 와서 처음 매점 아줌마로 전직했다고 한다. 당시 아들도 긴자 문화에 다니면서 모자가 2대에 걸쳐 영화관에 종사했는데, 그녀는 지배인도 경의를 표하는, 누가 뭐래도 극장의 최고 실력자였다.

---

o '센베이에 캐러멜'은 우리나라로 치면 '오징어, 땅콩 있어요' 같은 장사꾼의 상투적인 외침 소리다.

검표원은 철저하게 앉아서 일한다. 요시무라 씨는 검표원 시절, 같은 자세로 너무 오래 앉아 있었던 탓에 어느 날 아침, 갑자기 척추가 굳어 꼼짝달싹하지 못했다고 한다. 그래도 "그까짓 것쯤이야 척추에 주사를 딱 맞았더니 금방 나아서 그날 바로 영화관에 나와서 일했어"라고 말하며 금니를 내보이고 깔깔깔 웃었다.

그 요시무라 씨와 약 20년 만에 만났다. 어쩌다 보니 그리운 사람과 재회하는 프로그램에 출연하게 되어 부탁을 드렸는데 흔쾌히 출연하겠다며 받아들여주셨다. 내가 검표원을 은퇴한 후 매점도 서서히 폐쇄되었고, 시네 스위치가 된 후로 주스는 자판기, 과자는 검표원의 다카바에서 팸플릿과 함께 그냥 성의 수준으로 팔게 되었다. 그즈음 요시무라 씨도 은퇴해서 만날 기회가 전혀 없었던 것이다.

내가 권유해놓고서도 솔직히 만나 뵙기가 조금 두려웠다. 왕년 스타의 변한 모습을 보고 싶지 않은 심리와 비슷했다. 그런데 이 재회는 내 시간 감각을 완전히 흔들어놓았다. 시네 스위치 입구에 선 요시무라 씨는 대체 무슨 영문인지, 피부도 체형도 완전히 그때 그대로였다. 힘찬 목소리가 조금 차분해지긴 했는데, 그 슈프림스 머리 스타일은 더 새까맣고 풍성해졌고, 반짝이가 붙은 화려한 복장도 20년이라는 세월이 무색할 만큼, 아니 그 이상으로 호화로웠다. 이쪽은 갖가지 상황을 상상해 지난 세월의 흔적을 추측할 준비를 했는데, 앞에 나타난 사람은 옛 모습과 전혀 다르지 않았다. 대체 뭐가 어떻게 된 거지. 놀라움을 넘어 나는 가벼운 현기증을 느꼈다.

당시 동료들 이야기를 한바탕 나눈 뒤 나는 그 이야기를 꺼냈다. 요시무라 씨라면 도라 씨다. 도라 씨 역을 맡은 배우 아쓰미 기요시 씨가 영화나 연극을 자주 본다는 사실은 유명하다. 여기저기서 영화관이나 극장 관계자가 말하는 목격담을 자주 들었다. 긴자 문화에서 일할 때 다카바에서 "지금 도라 씨가 왔어"라는 이야기를 몇 번이나 들었다. 생김새 때문에 어려서부터 '도라 씨의 딸'이라고 불렸던 나인데 아쉽게도 티켓을 뜯은 적은 한 번도 없었다.

요시무라 씨의 이야기를 들어보니, 아쓰미 씨는 〈남자는 괴로워〉 최종 상영일에는 반드시 나타났다고 한다. 와서는 반드시 매점에 서서 "누님은 계시나?" 하고 요시무라 씨를 불러서는 두서없이 잡담을 나누고 돌아갔다고 한다. 영화관에서 제일 먼저 누구에게 말을 걸지 잘 알고 있는 분이었나

보다. 근처 다방에 같이 가서 차를 얻어 마신 적도 있다는 이야기를 하다가 요시무라 씨는 "정말 좋은 추억이어서 말하기 아깝네"라며 꿈을 꾸는 듯한 눈빛으로 입을 다물었다. 이미 일흔을 넘었을 텐데 요시무라 씨는 언제까지나 당시 매점 아줌마, 아니, 누님인 채였다. 구루마 도라지로가 영원히 나이를 먹지 않는 것처럼.

흔들리는
시모키타자와

10년 만에 시모키타자와의 더 스즈나리 무대에 섰다. 돌이켜보면 열아홉 살 때, 태어나서 처음으로 공식적인 무대에 선 것도 이 극장이고, 요즘 영화감독으로도 바쁜 이와마츠 료 씨나 마츠오 스즈키 씨와 처음 일을 함께한 것도 이 극장이었다.

십대 끝 무렵이던 그해, 내가 대학에서 일본 고전 문학을 공부하는 학생, 긴자 영화관의 검표원 아가씨, 소극장 단원이라는 세 가지 정체성을 가지게 된 계기는 지인의 "일주일에 사흘쯤 연습을 하면 스즈나리 무대에 설 수 있대"라는 달콤한 한마디 때문이었다. 당시 그 극단의 이름도 연극 내용

도 전혀 몰랐지만, 그 전해 개장한 극장의 이름만큼은 알고
있었다.

더 스즈나리는 1981년에 차자와 거리에 면한, 욕실 없는
아파트 스즈나리 장의 2층을 개축해서 첫 공연을 올렸다. 다
음 해 역 앞에 세워진 혼다 극장과 함께 시모키타자와를 '연
극의 거리'로 만든, 도쿄 소극장을 대표하는 연극 전용 극장
이다. 아래층은 지금도 소규모 술집이 모인 스낵 거리인데,
"스즈나리요코초"라고 큼지막하게 내건 새빨간 네온관이 빛
날 때면, 가게에서 노래방 기계의 시끄러운 소리가 흘러나오
기 시작한다. 한때 그 노랫소리가 이 공연장의 또 다른 음향
효과였다.

공연장 관객석은 요즘은 파이프 의자나 벤치 시트를 놓아
170~230석 정도 자리가 있는데, 예전에는 모든 자리가 판자
석이었고 신발을 봉지에 넣고 들어갔다. 혼잡하면 방석 하나
둘 자리도 확보하기 어려웠다. 관객을 한 사람이라도 많이
앉히려고 무대 위에서 소리를 질러가며 손님을 이동시켜 바
늘 끝 하나 안 들어갈 때까지 꽉꽉 채우는 '요이쇼'라는 의식
이 늘 벌어졌다. 한번은 그래도 다 앉히지 못해 무대 위로 관
객을 올려, 무릎을 껴안고 앉은 관객 바로 앞에서 공연을 한

적도 있다.

대기실은 그 아파트의 비어 있는 다른 집들을 사용했는데, 찬물만 나오는 석조 개수대와 벽장이 있었다. 오랜만에 대기실에 들어갔는데, 신기하게도 26년이라는 세월의 흔적을 전혀 느끼지 못했다. 내가 처음 발을 들였을 때보다 오히려 깨끗해졌다. 당시 신축이었던 혼다 극장이 이제는 노쇠한 것과 비교해 믿을 수 없으리만치 퇴색하지 않았다. 애초에 낡았으니까 그 이상 망가지지 않는 걸까? 젊어서 나이 든 역을 주로 한 배우가 실제로 나이를 먹으면 늙어 보이지 않는 것과 비슷하다. 게다가 내가 이렇게 옛날을 그리워하며 글을 써도 절대 레트로 따위의 단순한 말로 설명하지 못하는 점이 있다는 게 이 극장의 최대 강점이다. 예스러움만을 장점으로 내세울 정도로 불편하지도 않다. 오래 쓴 덕분에 더 쓰기 편해졌다. 낡은 채로 진화하는 극장이다.

일주일에 사흘이라는 달콤한 말에 속아 들어간 극단에서는 일주일이 여드레라고 해도 부족할 정도로 쉴 틈 없이 일했다. 전단이나 포스터를 만들어 인쇄하고 배포하는 것은 물론이고 무대에 의상, 소도구도 전부 우리가 손수 만들었다. 내가 맡은 역은 마지막의 마지막에 아주 조금 나오는 수준이어서, 무대 위에서 연기하는 것은 마치 과자 속의 경품과 같았다.

무엇보다 당시 나를 가장 괴롭힌 것은 쉰 장이나 되는 티켓 판매 목표치였다. 공연 기간에도 작업과 연습 사이사이 긴자 문화에서 검표원으로 일하며 극단 티켓을 팔았다. 영화관에서는 입장권을 뜯을 때 반권과 함께 다음 주 영화 스케줄이나 할인권을 주는데, 나는 때때로 거기에 극단 전단을 섞어서 건넸다. 운 좋게 연극을 좋아하는 학생이 문의를 해 오면 그 자리에서 구워삶아 티켓을 팔아치웠다. 덕분에 6백 엔짜리 영화를 보러 온 사람에게 그 세 배나 되는 무대 티켓을 많이도 팔았다.

그때 무엇보다 가장 고마웠던 건 검표원 동료들의 열렬한 협력 태세였다. 열몇 명 되는 검표원들이 동료의 화려한 모습을 보려고 매번 빠짐없이 와주었다. 신랄한 영화평을 날리는 그녀들인 만큼 연극 감상평도 당연히 엄격했지만, 내게는 눈물이 날 정도로 믿음직한 단골 관객이었다. 이렇게 내 이십대 초는 오로지 시모키타자와와 긴자 문화를 오가는 나날이었다.

10년 만의 스즈나리 공연 마지막 날, 극장 사무실에 인사를 하러 갔다.

"10년 후에 반드시 돌아옵니다."

무대부 소속 노다 씨는 "매년이라도 좋으니 오세요"라고 웃으며 말하더니 다음 순간 진지한 표정을 지으며 "그래요. 앞으로 10년은… 괜찮을 겁니다"라고 다짐하듯이 고개를 끄덕였다.

시모키타자와는 현재 대규모 재개발 계획의 도마 위에 있다. 역 앞에 거대한 로터리를 만들고 높은 빌딩을 세우고, 그 떠들썩한 거리에 넓은 도로를 낸다고 한다. 더 스즈나리도 2기 공사 구획에 포함되어 있다.

그렇게 흔들리는 시모키타자와를 걸어보니, 몇몇 가게나 건물이 달라져 조금씩 모양이 변하고 있다. 낡고 혼잡한 거리를 모두 고심해서 편리하게 쓰고 있다. 이 거리도 역시 더 스즈나리처럼 낡은 채로 진화하기를 바란다.

잔다 또는 본다

영화관처럼 잠자기 좋은 곳은 없다.

긴자 문화 검표원의 휴식 시간은 2시간 반이었다. 잠이 부족할 때는 당연하고, 밖에 나가면 자기도 모르게 돈을 쓰니까 월급날이 얼마 남지 않았을 때면 우리는 종종 극장 의자에 파묻혀 낮잠을 잤다. 자기 베개와 이불을 준비해둔 검표원도 있어서, 휴식 시간이면 조금 쌀쌀한 잿빛 대기실에서 그것들을 꺼내 "안녕히 주무세요" 하고 인사하고 장내로 사라졌다. 대기실의 낡은 다다미에 눕는 것보다 영화 기척을 느끼며 꾸벅꾸벅 조는 것이 얼마나 행복한지 모른다. 최고의 시에스타다.

나는 귀마개를 하고 잘 수 있는 사람이 신기하다. 적당한 어둠과 소음. 우리 집에서는 잘 때 텔레비전을 슬립 타이머로 활용한다. 뉴스 방송 따위를 시끄럽게 틀어놓고 자는 것이다. 영화도 대사나 음악이 적어 대놓고 잠을 부르는 것보다는 시끄러운 액션 영화를 볼 때 훨씬 더 잠들 확률이 높은 것 같다. 적어도 내게는 그렇다. 오히려 지루한 영화나 연극이 나오면 화가 나서 좀처럼 잠들지 못한다. 작품의 호불호와는 관계없다. 소리 없는 방에서 재우면 칭얼대는 아이에게 심장 박동과 비슷한 리듬의 음악이나 엄마의 혈류 소리와 비슷한 모래폭풍 소리를 들려주면 푹 잠든다고 하는데, 그런 게 아닐까 싶다. 그러니 꼭 나만 그런 체질은 아닐 것이다. 실제로 당시 명화 상영관인 긴자 문화 2에는 여름용 이불을 돌돌 말고 잠을 취하는 검표원 이외에도 낮잠 동료가 잔뜩 있었다.

평일 낮에 중간 입장하는 양복 차림의 남자들. 그들은 동성끼리의 만남을 구하는 사람들을 제외하면 대부분 영화관을 외근 도중의 낮잠 장소로 이용하는 회사원들이다. 지금처럼 낮잠을 마음껏 잘 수 있는 인터넷 카페나 200엔짜리 커피로 몇 시간이나 머무를 수 있는 커피숍이 거의 없던 시절, 대신에 어느 번화가에나 일하는 남자들에게 적당한 가격에 낮잠 장소를 제공하는 명화 상영관이 반드시 있었다. 본래 존재 의의와는 별개의, 개봉관이나 미니시어터에서는 담당할 수 없는 역할을 이 동네 저 동네의 명화 상영관이 해냈다.

잔다, 또는 본다. 어떤 목적이든 전석 교체제가 아닌 극장이라면 하루 내내 원하는 만큼 있을 수 있다. 본편 도중에 입장해도, 잠에 쫓겨 중요한 장면을 놓쳐도 두 편 동시 상영, 혹은 세 편 동시 상영이니까 한 바퀴 돌아 다시 처음부터 보면 된다. 마음에 드는 영화를 연속해서 몇 편이고 볼 수 있다. 나는 그렇게 때로는 진지하게 눈을 부릅뜨고, 때로는 자다 깨며 멍하게, 영화와 함께 하루를 소비했다. 그리고 명화 상영관에서 보낸 나의 시간을 항상 함께한 것은 비슷한 처지의 학생들과 일에 지쳐 낮잠을 자러 오는 양복 차림의 남자들이었다.

지난달, 오이무사시노칸館이 사라진 뒤로 샌들을 신고 갈 수 있는 유일한 동네 영화관인 키네카 오모리에서 '부정기 명화 상영관'이라는 행사가 열렸다. 나루세 미키오 감독의 대표작 열네 편을 특집 상영했다. 전 작품을 제패해야지! 의욕이 넘쳐 전단에 빨갛게 동그라미를 쳤는데, 지금 나는 도저히 그럴 시간이 없다. 신이 나서 간 첫날에 〈밥〉과 〈흐르다〉 두 편을 보는 데 그쳤다.

오랜만에 사람이 가득 찬 객석을 보았다. 사십대의 내가 최연소 관객층이었다. 젊은 시절에 하라 세츠코나 다카미네 히데코를 동경했을 숙녀들도 있지만, 압도적으로 많은 수는 듬성듬성한 흰머리에 잿빛 점퍼를 입은, 정년퇴직 후에 산책을 하러 나온 듯한 초로의 신사들이었다. 수많은 반백의 머리가 하나둘, 적당히 자리를 띄고 앉아 스크린을 바라보았다.

평소와 다른 실버 객석에 앉은 채 나는 생각했다. 혹시 저들은 그 옛날 영화관에서 함께 잠을 잔 그 동료들이지 않을까. 그들이야말로 약 20년 전, 학생이었던 나와 명화 상영관에서 시간을 함께 보낸 그들이 아닐까. 지금 그들은 잠은커녕 꼼짝도 하지 않고 흑백 영화에 빠져 있다. 그리고 스기무라 하루코가 노골적으로 욕을 할 때마다, 허세를 부리는 미야구치 세이치가 파릇파릇한 여배우들에게 둘러싸일 때마다 후후후, 하하하, 하고 아주 만족스럽게 웃는다. 몇 번이나 본 장면을 곱씹는 것처럼. 낮잠 동료. 어쩌면 그들은 딱 10년 전에 나루세 미키오 감독의 특집으로 막을 내린 긴자의 명화 상영관을 지탱해온 사람들일지도 모른다.

텔레비전이나 비디오로만 볼 수 있는 오래된 영화를 자다 깨다를 반복하면서 멍하니, 영화관에서 다시금 맛본다. 예전의 일하던 남자들과 함께 그리움과 안타까움이 교차해서 행복하기도 하고 절망스럽기도 한 채로. 애달프다는 말은 이런 감정일 것 같다고 생각한다.

갈 때와 올 때의 풍경

오랫동안 찾던 책을 발견해 마치다의 헌책방을 방문했다. 컴퓨터로 검색해서 원하는 상품을 발견하는 것까지는 나도 어떻게든 요즘 시대를 따라왔다. 그러나 직접 손에 쥐어 확인하지 못하는 것을 바로 사는 수준까지 디지털화되진 못했다. 인터넷으로 원하는 물건이 어디 있는지 발견하면, 도쿄 근처라면 소풍을 겸해 날씨 좋은 날을 골라 어슬렁어슬렁 찾아간다.

마치다 거리는 처음 걸었다. 역에서 나와 가게를 찾아 길을 거니는데, 오래된 상점가도 있고 여기저기 물건을 잘 갖춘 헌책방과 구제 옷가게도 숨어 있었다. 교외의 신흥 베드 타운일 줄 알았는데, 생각보다 괜찮은 느낌의 오래된 동네 같았다.

도서관처럼 생긴 4층짜리 커다란 헌책방에 도착하자마자 매의 눈으로 책장을 스캔해 원하는 책을 찾았다. 와중에 압도적으로 쌓아올려진 색 바랜 책에 갇혀 재채기를 연발했다. 먼지 알레르기라는 귀찮은 알레르기가 있으면서 오래된 물건이라면 사족을 못 쓰니 참 문제다. 오래된 건물, 오래된 카페, 오래된 극장, 오래된 영화관, 그리고 구제 옷가게, 헌책방. 내가 즐겨 찾는 곳은 모두 곰팡이와 먼지의 총 집결지다.

귀퉁이가 그을린 책 한 더미를 배낭에 넣고 헌책방을 나섰다. 저녁 무렵의 번화가는 어슬렁대는 학생들로 붐벼서 얼마나 걷기 어려운지 모른다. 신발 뒤꿈치를 구겨 신고 느릿느릿 걷는 무리 옆을 살금살금 피해 옆 골목으로 빠졌다. 젊은 사람들이 많은 곳은 영 불편하다. 먼지와 곰팡이보다 몇 배는 무섭다.

화과자 가게 앞에서 미타라시당고°를 먹고 있을 때, 하늘

○ 경단을 꼬치에 꿰어 단맛이 나는 간장 소스를 바른 화과자.

저편에서 우렛소리가 들렸다. 이렇게 맑은 날에? 놀라서 고개를 드는 사이에도 우렛소리는 한순간도 그치지 않았고, 오히려 더 크게 울리며 이쪽으로 다가왔다. 공습인가? 당고 꼬치를 손에 든 채 번화가 중앙으로 뛰어갔다. 그런데 누구 하나 허둥거리는 사람이 없었다. 하늘을 올려다보는 사람도 없다. 하네다 공항에 가까운 우리 동네에서 듣는 비행기 소리와는 차원이 다른 폭음인데도.

그러고 보니 마치다는 주일 미군기지인 아쓰기와 요코타 사이에 낀 마을이었다. 이런 소리가 일상일 동네다. 비행기 그림자가 보이지 않으니 하늘 전체가 괴물의 울음소리로 뒤덮인 것만 같아 나는 두려움에 떨었는데, 이 거리는 아무렇지 않은 표정이었다. 여전히 여운처럼 찌릿찌릿 떨리는 공기 속에 나 혼자 뒤처졌다. 인파 속에 혼자 우뚝 선 채로. 그때 이유는 모르겠지만 갑자기 아라가키 씨가 떠올랐다.

아라가키 씨는 긴자 문화에서 단 한 명, 나이가 있는 검표원이었다. 정확한 나이는 모른다. 어쨌거나 스물 남짓한 애송이였던 내게 서른을 넘긴 여자는 한 묶음으로 죄다 아줌마였다. 아마 지금 나와 비슷한 연배이지 않았을까. 학생 아르바이트는 시험 기간이면 모두 쉬니까 언제든 일할 수 있는 검표원을 하나 넣어두려는 생각이었을지도 모른다.

나는 아라가키 씨가 싫었다. 비슷한 나이의 동료라면 통할 융통성이 말수 적은 이 아줌마에게는 통하지 않았다. 물론 중요한 영화 이야기도 통하지 않았다. 대기실에 아라가키 씨가 들어오면 어린 검표원들은 자연히 입을 닫았다. 그러다 보니 아라가키 씨는 쉬는 시간이면 상영관 안으로 들어가서 대기실에는 점차 나타나지 않게 되었다. 나중에는 옷도 화장실에서 갈아입었고, 얼마 후에는 직장에도 나오지 않았다.

그저 그뿐이었다. 그래서 나는 그 후로 20년이 넘게 아라가키 씨를 단 한 순간도 떠올리지 않았다. 그런데 오늘 어째서? 비행기의 폭음에 내 머리가 지진을 일으켜 묻어둔 기억조차 없는 타임캡슐이 갈라진 땅 사이에서 튀어나온 것만 같았다.

하나를 떠올리자 연달아 작은 조각들이 따라 올라왔다. 휴식 시간에 동료 검표원에게 주고 남은 100엔짜리 케이크를 나는 딱 한 번, 그냥 변덕으로 아라가키 씨에게 준 적이 있었다. 아라가키 씨는 "어머나!" 하고 화들짝 놀란 소리를 내더니, 오키나와 출신답게 이목구비가 뚜렷한 얼굴로 어설프게 웃었다. 그 딱 한 번의 웃음을 떠올리자 눈물이 나왔다.

그건 그렇고 나도 참, 중고 책을 찾으러 온 마치다에서 공습을 만나고 눈물이라니. 비행기 소리에 미군기지, 그에 이어서 주일 미군기지가 있는 오키나와를 떠올린 것일까? 좀 어린애 같은 연상이다. 재채기와 콧물로 약해진 눈물샘은 도무지 진정되지 않았다. 선배인 여성 배우의 "하이리, 마흔을 넘으면 몸에도 마음에도 상상하지 못했던 일이 차례차례 일어나"라는 말을 문득 실감했다.

정말이지, 요즘은 내 몸에 대고 대체 왜 그러느냐고 묻고 싶을 때가 많아졌다. 예전에는 곱빼기로도 부족했던 소고기 덮밥을 언제부턴가 한 그릇도 다 먹지 못하게 되었다. 엊그제는 휘파람새의 지저귀는 소리에 잠에서 깼다. 젊어서는 알람시계 세 개를 켜놓고도 일어나지 못했는데. 게다가 나는 대체 언제부터 이렇게 먼지투성이의 오래된 것을 좋아하게 되고 만 것일까.

돌아오는 전철에서 지나가는 창밖을 바라보며 아하, 갈 때와 올 때는 정반대의 풍경을 보는구나, 라는 당연한 사실을 깨달았다.

기억하는 것은
그런 유쾌한 추억뿐이다

80년대 초, 긴자 문화의 검표원 아가씨들 사이에도 크고 작은 갖가지 붐이 있었다. 그중에서도 좀 대단했던 것이 〈록키 호러 픽쳐 쇼〉 붐이었다. 관객들이 영화 속 등장인물로 분장해서 장면에 맞춰 정해진 소품을 쓰면서 영화를 즐기는 것으로 유명했는데, 우리는 이상하게도 그저 횟수를 늘리는 것에만 집착했다. "지금 몇 번째야?"가 암호였다. 비디오, 레이저 디스크를 지나 DVD도 필요하지 않게 된 요즘에는 영화를 위해 정보를 얻고 시간을 확보하고자 노력하는 방법도 까맣게 잊혔겠지만, 쇼와 시대가 끝날 때까지만 해도 영화를 반복해서 보려면 당연히 그때마다 영화관에 가야 했다. 영화

정보 잡지 『피아』로 보고 싶은 영화의 상영관을 찾아낸 우리는 그저 그곳을 바쁘게 오갔다.

미타카 오스카, 야에스 스타자, 기치조지 바우스시어터, 그밖에 양손으로 꼽아도 모자란 명화 상영관으로 우리는 〈록키 호러 픽쳐 쇼〉를 보러 돌아다녔다. 긴자 문화와 가까운 긴자 로키시에서 상영했을 때는 휴식 시간을 틈타 갔다 오기도 했다. 오전반, 오후반 검표원끼리 일정을 조정해 쉬는 시간에 멋지게 상영 시간을 끼워 넣은 것이다. 영화관을 빠져나와 영화관으로 숨어든다. 어둠에서 어둠으로, 꼭 닌자처럼 일했다.

동시 상영 파트너로는 〈천국의 유령〉이나 〈영 프랑켄슈타인〉을 자주 보았다. 평일 대낮에 갈 때가 많았는데 항상, 어디서나 그럭저럭 관객이 들었고, 스크린 앞으로 나가 춤을 추는 사람이 반드시 한둘은 있었다. 축제처럼 들썩이기보다 오히려 진지하게, 영화에서 비가 내리면 차분히 신문지를 머리에 쓰고, "빛이 보이네"라고 노래를 부르면 객석에서 드문드문 라이터 불이 켜졌다. 대낮에 보는 그 광경이 소리 안 나는 방귀처럼 개인적이고 단발적이어서 인상 깊었다.

그런 붐이 한창일 때, 긴자 문화에는 〈페임〉이 걸렸다. 검표원들은 당연히 흥분했다. 이 영화는 마지막에 주인공들이 〈록키 호러 픽쳐 쇼〉 올나이트를 보러 가는 장면이 나와서, 바보 소동의 본거지인 뉴욕의 극장 풍경과 〈록키 호러 픽쳐 쇼〉의 백미인 타임워프 댄스를 볼 수 있었다.

우리 영화관에는 괜찮은 작품이 상영되면 누군가가 반드시 그 영화의 향판을 작성했다. 향판이란, DVD 챕터처럼 상영 시작 후 몇 분 몇 초에 어떤 장면이 있는지 기록해놓는, 말하자면 장면 시각표 같은 것이다. 기록표를 보면 좋아하는 배우의 군침 도는 장면만 추출해서 몇 번이고 즐길 수 있다. 당연히 〈페임〉도 다카바에 몰래 향판이 붙었고, 타임워프 장면이 되면 검표원들은 상영관 안으로 순간 이동했다. 다카바는 텅 비었다. 그리고 드디어 그 밤이 왔다.

〈페임〉으로 예습을 마친 검표원들은 마침내 다 같이 〈록키 호러 픽쳐 쇼〉 올나이트를 하러 가기로 했다. 장소는 이케부쿠로 분게이자. 토요일 밤, 심야에 음악 영화를 연속으로 네 편! 〈록키 호러 픽쳐 쇼〉에 이어 〈블루스 브라더스〉, 〈천국의 유령〉, 마지막 편이 아마 〈브레이킹 글래스〉였을 것이다. 밤이 어울리는 영화들이다. 긴자 문화에는 당시 〈블루스 브라더스〉가 배출한 미국의 텔레비전 방송 〈새터데이 나이트 라이브〉가 유행이었으므로 검표원들은 그야말로 신이 났다.

그날 밤의 〈록키 호러 픽쳐 쇼〉는 약속대로 분장이 있고 춤이 있고, 물폭탄을 맞고 화장실 휴지의 난무까지, 한밤중이기에 느끼는 연대감으로 야단법석이었다. 특히 통쾌했던 것은 〈블루스 브라더스〉가 상연될 때였다. 〈록키 호러 픽쳐 쇼〉처럼 정해진 규칙이 없는 대신에 노래가 나오면 다 같이 노래하며 몸을 흔들고, 휘파람에 손장단에 박수의 폭풍으로 흥에 겨웠다. 나 역시 명화 상영관에 다니며 사운드트랙을 노상 들었으니 전곡을 부를 수 있었다. 마치 라이브처럼 영화를 즐기는 법에 완벽하게 매료된 것이다.

역시 올나이트! 그 자리에 있던 전원이 제임스 벨루시나 댄 애크로이드의 결정적인 대사를 함께 외치지 않았던가. 같은 것을 좋아하는 사람들끼리 보낸 하룻밤은 정말 즐거웠다. 앞뒤로 두 개 열을 차지한 긴자 문화 일행과 함께 나는 흥분한 극장에서 마음껏 즐겼다. 이어서 〈천국의 유령〉이 시작되고 지쳐서 고개를 꾸벅이는 동료가 나오자, 그날 밤 열 명쯤 되는 검표원 아가씨를 인솔한 전직 사원 후카쓰 선배가 "자지 마! 이게 메인이잖아!"라고 외치며 한 명 한 명의 목을 졸랐던 것이 기억난다.

기억하는 것은 그런 유쾌한 추억뿐이다. 여성 직원 대부분이 올나이트를 하고 하룻밤 흥분해서 난동을 피운 그다음 날인 일요일, 바쁜 그 시간에 긴자 문화에서는 대체 누가 아침부터 일했을까. 불리한 추억은 기억 저편에 있다.

영화관이 있는 마을은
왠지 두근거린다

시 낭독이라는 익숙하지 않은 일을 맡아 5월 중순에 사카타로 가게 되었다. 여행 전에 늘 하는 습관대로 한 달쯤 전부터 여정지의 사전 조사에 들어갔다. 서점에서 야마가타 가이드북이나 맛집, 향토사 관련 책을 찾다가 문득 서점 검색기에 두 가지 키워드를 입력했다. 사카타. 영화관.

영화관이 있는 마을은 왠지 두근거린다. 당일치기 촬영이라도, 지방 공연으로 잠시 지날 때도, 목적지 마을에 좋은 영화관이나 극장이 있다는 정보를 접하면, 내 여행은 갑자기 활기차진다. 그러나 이때는 정말 심심풀이로 입력한 키워드였지, 제목에 두 가지 모두가 들어간 책을 발견하리라고는 당연히 기대하지 않았다. 그리고 예상치 못하게 화면에 나타난 것은, 올해 초에 막 출판된 『세계 제일의 영화관과 일본 제일의 프랑스 요리점을 야마가타현 사카타에 세운 남자는 왜 잊혔는가』라는 길고 긴 제목의 책이었다.

비행기를 타면 눈 깜짝할 사이에 도착할 여정이지만 육로를 이용해 가기로 했다. 신칸센이라고 자인하는 주제에 야마가타 신칸센에는 건널목도 있고 단선인 부분도 있다. 신록에 안긴 선로를 재빠르게 달려 열차는 오우 산맥을 흔들흔들 넘어갔다. 종점인 신조부터 사카타까지는 로컬선을 타고 간다. 그리고 5월의 장맛비로 물살이 빨라진 모가미강을 배로 내려갔다. 늘 그렇듯이 고생스러운 여행이다.

배에서 내려 마중 나온 차로 갈아타고, 눈이 닿는 곳까지 그저 평평하기만 한 쇼나이 평야가 나타난 순간, 목덜미에 갑자기 소름이 돋았다. 모내기를 갓 마친 무논이 거울 호수처럼 한없이 반짝였다. 산을 넘고 강을 내려와 어딘가 다른 나라에 와버린 기분이었다.

지역 사람의 안내를 받아 제일 먼저 세계 제일의 영화관으로 갔다. 동해를 면한 항구 마을에 1949년 돌연히 나타난 그린하우스는 말도 안 되는 영화관이었다. 그 호화로움을 비롯해 전대미문의 세세하고 꼼꼼한 서비스는 앞에서 언급한 책에 자세히 적혀 있는데, 45년 전인 1963년에 다실이나 무료 차 코너를 로비에 설치했고, 2층석에는 먹고 마시면서 유리 너머로 스크린을 볼 수 있는 일본식과 서양식 개별실에 흡연실, 또 정원 열 명인 미니시어터까지 갖췄다고 한다. 영화 평론가 요도카와 나가하루 선생에게 인정을 받은, 그야말로 '세계 제일의 영화관'이었다. 1976년, 실내 배선의 누전으로 짐작되는 화재로 타버리기 전까지.

꿈의 발자취는 이럴 수 있나 싶을 정도로 아무런 추억을 남기지 않았다. 마을의 흔적마저 남김없이 지운 불의 흉포함을 새삼스럽게 깨달았다. 하지만 그 복잡한 심정이야 어쩔 수 없더라도 역시 사카타 사람이 말하는 그린하우스는 매력적이었다. 특히 모두가 입을 모아 그리워하는 그 어프로치. 큰길에서 한 걸음 들어가면, 양 사이드에 외국 핸드백 등을 장식한 화려한 윈도가 이어지고, 그곳을 지나야 정면에 그린하우스의 명물인 회전문이 보인다. 나비넥타이에 하얀 장갑까지, 정장을 갖춰 입은 도어맨의 환영을 받으며 우아한 문을 지날 때면 일본에 있다는 사실을 잊을 정도라고 했다.

그 이야기를 듣고, 우리가 좋아했던 옛 마루노우치 피카데리의 어프로치가 떠올랐다. 매표소부터 위층 극장까지 다카라즈카°의 무대 같은 큰 계단이 있고, 그 옆에 긴 에스컬레이터가 설치되어 있었다. 상자 속에 들어가 단절된 채 이동하는 엘리베이터와 달리 에스컬레이터를 타고 이동하면 어둠 속에서 영화를 보고 나와 눈이 부신 사람들의 표정, 감동을 오롯이 새긴 그 표정들을 볼 수 있었다. 그들을 보면서 우리는 지금부터 가게 될 영화의 세계를 상상하며 두근거리곤 했다. 마루노우치 피카데리 개축이 정해졌을 때, 우리는 '천국의 계단'이라고 허풍스럽게 별명을 붙인 그 에스컬레이터 앞에서 마지막 기념사진을 찍었다.

영화도 여행도 어프로치가 중요하다. 고생을 하며 접근할수록 도착한 세계가 소중하다. 그날 밤, 우리는 일 관련 미팅을 하다가 스낵에 가게 되었다. 위에서 소개한 책에도 실려 있는데, 한때 그린하우스에서 일한 경력이 있다는 주인이 운영하는 가게였다. 검표원이 아니라 티켓걸이라고 불렸다는 주인에게 "저는 후배예요"라고 말하자, 주인은 "알고 있어

○ 일본 최대의 여성 가극단.

요"라고 부드럽게 웃으며 고개를 끄덕였다. 텔레비전 방송으로 내가 검표원 시절을 말하는 모습을 보았다고 한다.

밤이 깊어져도 다른 손님이 없어서 그녀가 품격 있는 손놀림으로 만들어주는 술에 취한 채로 우리는 어쩌다 보니 내일 있을 시 낭독 연습까지 시작했다. 카운터에 앉아 귀를 기울이던 주인은 연습이 어느 정도 끝나자 가만히 속삭였다.

"오늘은 개점 기념일이에요, 최후의."

일흔을 넘긴 주인은 8월에 가게를 정리하기로 했다고 한다. 그린하우스에 대해서, 꽃향기가 났다는 장내에 대해서, 깔끔하다 못해 그 안에서 도시락을 먹는 사람이 있었다는 화장실에 대해서. 묻고 싶고 하고 싶은 말은 많았지만, 나는 도저히 말을 꺼내지 못하고 그저 "건강하세요"라고 속삭이며 그녀의 손을 쥐었다.

개봉 첫날 투어

다녀왔습니다. 〈인디아나 존스〉 상영 첫날 투어에.

앞선 두 편 때는 총 열 명의 대규모 투어였다. 하지만 요즘 들어 편하게 모일 수 있는 멤버는 아무래도 나를 포함해서 검표원 동기 세 명뿐이다. 5월 연휴도 끝나기 전에 일찌감치 한동안 소식을 나누지 못한 동기들에게서 영화를 보러 가자는 연락이 오기 시작했다.

"지난번에는 네 시간이나 줄을 섰는데, 이번에는 두 시간 쯤이면 어떨까요?"

"지난번처럼 도시락을 가지고 갈까요?"

들떠서 이런 대화를 나누다가 우리가 말하는 '지난번'이 생각해보니 19년이나 전이라는 것을 깨닫고 상당히 당황했다. 19년 사이에 한 명은 두 아이의 엄마가 되었는데, 나머지 둘은 성씨도 신분도 그때 그대로다. 어쨌거나 셋이 모이면 이십대 때와 다를 바 없이 시끄럽다.

1981년에 개봉한 시리즈 1편인 〈레이더스〉 때는 아직 검표원의 길에 들어서기 전이었고, 2편인 〈미궁의 사원〉 때부터 긴자 문화 직원들과 함께 이 시리즈 상영 첫날 투어에 참여했다. 기억력이 좋은 전직 검표원의 증언에 따르면, 우리는 당시 히비야 영화 거리의 재개발로 폐관을 앞둔 선대 유라쿠자에서, 1,500명 남짓의 관중들과 함께 우레와 같은 박수를 보냈다고 한다.

그로부터 5년 후인 3편 〈최후의 성전〉 첫날의 일은 기록과 같은 것이 남아 있어서 추억이 한층 가깝게 느껴진다. 그때도 장소는 이번 〈크리스탈 해골의 왕국〉을 보러 가기로 한 유라쿠초 센터 빌딩, 일명 마리온 빌딩의 최상층이었다. 오늘날의 니치게키 플렉시가 아직 엄숙하게 니혼 극장이라고 불리던 시절이다.

기록에 따르면, 분명 지난번 투어 때는 보려는 회차 네 시간 전에 약속 장소인 마리온 빌딩의 대형 시계 아래에 집합

했다. 단, 줄을 서는 것은 자리 확보 팀만이다. 전원이 줄을 서면 긴급 상황에 대처하기 힘들다는 것이 이유다. 농구부 출신인 나는 당연히 자리 확보 팀이었다. 우리는 조조 1회차 상영 시간부터 마리온 바깥 계단까지 길게 늘어선 행렬에 섰다. 2회차 상영이 시작할 때까지 영화관 안으로 행렬이 들어가기만 하면 3회차 좌석은 어떻게든 확보할 수 있다. 그다음 문제는 조건이 좋은 자리에 전원이 나란히 앉을 수 있느냐다. 자리 확보 팀의 진가가 발휘돼야 하는 것이다.

자리 확보를 위해 우리는 던지는 도구를 손에 쥐고 있었다. 수건, 카디건에 접이식 우산이나 화장품 파우치까지. 상영관 내에 돌입하자마자 그것을 비어 있는 자리를 향해 휙 던진다. 앞에 있는 사람들의 머리를 넘겨서. 전직 농구부의 실력을 보여줄 순간이다.

그런데 니치게키는 19년 전에도 벌써 입석 없는 교체제를 철저하게 지켜서, 엔딩 크레디트가 올라가는 와중에 치고받으며 의자를 빼앗을 수는 없었다. 인디아나 존스에 뒤지지 않을 모험에 나서는 각오로 임한 우리는 살짝 낙담했다고, 기록에 적혀 있었다.

그리고 객석 옆 통로에서 두 시간, 영화가 한 번 상영될 시간을 기다리는 동안 피크닉에라도 온 것처럼 비닐 보자기를 펼치고 바닥에 앉아 도시락을 먹었다. 다 같이 트럼프를 했다. 우리 뒤의 그룹과 끝말잇기를 했다. 이런 내용도 적혀 있었다. 내가 적은 기록이지만 옛날이야기나 민화를 보는 기분이었다.

21세기를 맞아 사람이 많이 보는 영화의, 사람이 많이 몰리는 날짜에 영화를 보러 가는 기회는 줄어들고 있다. 그런 현실이다 보니 우리는 오히려 두시가 불탄 것 같다. 우리는 첫날 직전까지 길고 긴 줄에 설 의욕으로 여전히 콧김을 내뿜었다. 다른 복합 영화관처럼 유라쿠초의 로드쇼관까지 전석 지정석이 된 줄은 꿈에도 모르고. 어쨌든 지정석이 된 덕분에 이제 아줌마가 된 전직 검표원 아가씨들은 우아하게 점심을 즐기고, 교체 시간에 정확히 극장으로 가서 미리 정해진 좋은 좌석에 앉아, 아주 매끈하게 할아버지가 된 모험가와 재회했다.

아무런 고생도 하지 않고 손에 넣은 모험은 역시 무언가가 부족했다. 첫날이라지만 밤 회차였기 때문일까, 쥐도 새도 모르게 유행하기 시작한 선행 상영 때문에 이미 개봉 첫날이라는 의미가 사라졌기 때문일까. 여기저기 빈자리가 보이는 객석은 드디어 영화가 시작해도 반가워하는 기색을 비치지 않았다. 파라마운트의 산에서 프레리도그가 뛰어나와도, 트레이드마크인 모자와 함께 19년 만에 인디아나의 모습이 나타나도 환성 하나, 웃음소리 하나 터지지 않았다. 결국, 박수도 휘파람도 듣지 못하고 첫날의 막이 내려 우리는 프레리도그에 물린 기분으로 극장을 나왔다.

〈007〉 시리즈, 〈스타워즈〉 시리즈, 〈슈퍼맨〉 시리즈…. 20세기의 우리는 인디아나뿐만 아니라 대작 영화나 시리즈가 개봉할 때면 반드시 개봉 첫날을 휩쓸었다. 영화관에서 영화를 보는 이벤트를 그 이상으로 즐기고 싶었기 때문이다. 우리는 이 행사를 앞으로 어떻게 이끌어가야 할까. 첫날 투어를 마치자마자 다음 첫날 투어를 위한 대책을 토론했다. 설령 몇 년 뒤더라도 우리는 여전히 새로운 모험을 탐색하겠다는 각오와 함께.

톰 모임

아마 우리가 오후반 다카바에 들어갔을 때였을 것이다. 술이 많아 부스스한 머리의 아시아 유학생으로 보이는 사람이 멈춰 서서 영화관 안을 들여다보는 듯하더니 훌쩍 지나갔다. 정오를 지난 긴자에서는 드물지 않은 장면이다. 그런데 그때, 옆에 있던 동료 검표원이 젊은이의 앳된 얼굴을 보자마자 느닷없이 한마디를 외치며 영화관을 뛰어나갔다.

"이연걸!"

나도 영화 팬 부스러기이므로 당연히 〈소림사〉라는 영화가 개봉한 것은 알고 있었는데, 까까머리인 주인공의 분장하지 않은 민얼굴을 알아볼 정도로 자세하게는 몰랐다. 동료를 쫓아 뒤늦게 밖으로 뛰쳐나갔을 때, 젊은이는 지나가는 그 누구의 시선도 받지 않고 긴자 오모테 거리를 혼자 어슬렁거리며 인파에 뒤섞였다. 나와 같은 해에 태어났으니까 스물 언저리 이연걸의 뒷모습이었다.

그 동료 검표원은 마크 해밀의 열광적인 팬이었는데, 그의 무대를 보려고 브로드웨이까지 가는 호쾌한 열정에 다들 한 수 접어주곤 했다. 할리우드는 물론이고 중국에도 정통한 우수한 검표원이었기에 우리의 존경심은 점점 더 강해졌다. 그녀는 지금도 마크 해밀을 쫓아다닐까?

당시 검표원들은 각자, 지금은 이름도 생각나지 않는 어린 반짝 스타를 차례차례 쫓아다녔다. 영화 세계의 유행에 탐욕스럽게 반응하면서 스크린 구석에 숨은 미래의 별을 발견하는 데 촉각을 세웠다. 그저 '미하', 즉 통속적인 일에 열중하는 유행족이었다. 그리고 긴자 문화 검표원들은 '미하'라고 불리는 것을 오히려 자랑스럽게 여기기도 했다.

그중에서 나를 포함해 유행족 기질이 강한 세 명이 결성한 것이 '톰 모임'이다. 올여름, 〈인디아나 존스〉 첫날 투어에 만사 제쳐놓고 집합한 세 명이 바로 그 구성원이다. 이 모임의 정체는 바로 톰의 영화만큼은 영화관에서 같이 보자는 모임으로, 긴자 문화 졸업 후부터 지금까지 맥을 이어 활동하고 있다.

톰 모임의 '톰'은 당연히 '톰 크루즈'다. 우리는 긴자 문화의 스크린에서 단역 시절의 톰을 만났다. 데뷔작인 〈엔들리스 러브〉는 긴자 문화 2에 수도 없이 걸렸고, 〈아웃사이더〉도 내가 티켓을 뜯었다. 둘 다 주제곡이 귀에 맴돌아 짜증이 날 정도로 봤는데, 신기하게도 톰은 전혀 인상적이지 않았다. 로브 로우 같은 브랫 팩°에게는 열과 성을 다했는데 말이다.

그 후, 〈레전드〉로 판타지 영웅이 되어 돌아온 톰의 티켓을 뜯고, 〈탑 건〉, 〈파스타 2〉로 점차 할리우드 탑 아이돌이 되어가는 그를 곁눈질하며 우리는 계속 고개를 갸웃거렸다. 아무리 생각해도 저 스타의 매력을 이해하지 못했다. 저 묘하게 단정한 얼굴에도, 눈부시게 하얀 치아에도, 올곧은 연기에도, 도무지 가슴이 울리지 않았다. 근본부터 유행족을 자부하는 사람으로서 묵과할 수 없는 사태였다.

단순히 취향의 문제일까? 그러나 그는 그야말로 호화로운 주연 작품을 자랑하는 미국의 톱스타다. 아마 다른 나라 사

○ 1980년대 할리우드 청춘 영화에 출연한 젊은 배우들에게 붙은 별명.

람은 맡지 못하는 특수한 페로몬을 내뿜는 것이 분명하다. 우리는 고민했다. 그를 받아들이지 못하는 것은 할리우드 영화를, 나아가 미국이라는 나라를 이해하지 못하는 것이라는 생각도 들었다. 그렇다면 이 갭을 극복할 때까지 그와 한껏 어울려주자. 재미가 있든 없든, 그의 영화를 계속 보자. 톰 모임은 그런 취지로 결성되었다.

〈레인맨〉이나 〈7월 4일생〉이 개봉했을 때, 우리는 이미 검표원을 졸업해 사회인이 되어 각자 다른 길을 걸었다. 그래도 그로부터 20년간 주부 일과 회사 일과 배우 일의 시간을 맞춰 계속 톰 모임을 개최하고, 보면 볼수록 모르겠는 톰의 매력을 놓고 대화를 나눴다. 톰이 꾸준히 신작을 찍어주는 덕분에 우리는 1년에 한 번은 만났다. 마크 해밀이나 로브 로우 모임이었다면 슬프게도 이렇게 되지 못했으리라.

어쨌든 애초에 유행족의 모임이다. 〈영웅본색〉 시절에 우리는 일제히 홍콩파가 되어 〈가을날의 동화〉가 시네 스위치 긴자에서 개봉했을 때, 톰 모임은 완전히 주윤발 모임으로 바뀌었다. 최근에도 중장년 유행족은 생생하게 활약하고 있다. 한류 붐을 타고 〈태극기 휘날리며〉가 화제가 된 적도 있었다. 그래도 내 안에서 장동건은 한국의 톰 크루즈다. 수년 전 부산에 갔을 때, 거리에서 자주 보이는 장동건에 눈이 휘

둥그레졌는데, 나는 이 스타의 매력을 좀처럼 모르겠다. 하지만 이것만큼은 어쩔 수 없다. 각국의 서로 다른 문화처럼 모르는 것이 또 매력적이기도 하니까.

극장의 신은 어디에

　여행 도중에 신과 만나면 나는 반드시 인사를 드린다. 일본이라는 나라는 어느 거리를 걸어도 신사나 지장을 모신 작은 사당 앞을 지나게 된다. 그래서 그 토지에 처음 발을 들일 때는 특히 힘차게 종을 울리고 5엔짜리 동전을 넣으며 "잠깐 실례하겠습니다" 하고 고개를 숙인다.

　직업상 시간이 허락하면 그 지역의 극장에도 인사를 드리러 간다. 운 좋게 극장 안에 들어갈 수 있으면, 당연히 분장실 입구의 감실°에 가서 "잘 부탁드립니다" 하고 손뼉을 친

○　사당 안에 신주를 모셔 두는 장櫃.

다. 내가 늘 신세를 지는 소극장이나 음악 홀은 물론이고, 듣자 하니 스트립 극장°에도 무대 뒤 어딘가에 보통 감실이 있다고 한다.

같은 극장이라도 영화관에는 감실이 반드시 있진 않다. 그래도 나는 모르는 지역을 방문하면 반드시 그 마을의 영화관에 의리를 지키러 간다. 신과는 관계없다. 여행지에서 신사나 예전부터 있던 영화관 장소를 알아두면 그 마을의 번화가를 마치 손금 보듯 알 수 있기 때문이다. 현재 지도의 뒷면에 과거 지도가 투명하게 보인다. 이것이 어떤 관광용 지도보다 믿음직한 나만의 여행 안내도다.

이런 개똥철학이 아니더라도, 이번 여름에 방송 일로 출장을 간 이시가키 섬에서는 그 영화관을 방문하지 않을 수 없었다. 그곳은, 일본 최남단 영화관이니까. 마치 남십자성처럼 고고한 울림이다! 남쪽 나라를 방문하는 사람이 하나같이 그 별자리를 쳐다보는 것처럼 나도 남쪽 끝의 극장을 꼭 보고 싶었다.

시네마 패닉 반세이칸은 이시가키 섬의 공설 시장과 선물

○　스트립 댄서의 공연이 올라오는 극장.

가게들이 처마를 나란히 한 아케이드 골목 하나 건너에, 불타는 듯한 햇빛을 받으며 서 있었다. 외견은 "역시 땅끝 영화관!"이라고 감탄하기에는 어딘가 힘이 없어 보이는 평범한 잡거빌딩이었다. 바닷바람을 고스란히 받는 바깥계단을 따라 2층으로 올라가자, 매표소와 검표원이 머무르는 다카바가 보였다. 그런데 창구 옆에 묘한 내용이 적힌 종이가 붙어 있었다. "수요일은 휴관." 영화관에 휴관일이 있다니 금시초문이다. 왜 휴일이 있을까? 호기심을 느낀 나는 무심코 아직 개장 전인 영화관 문을 밀고 들어갔다.

갑작스러운 방문객의 갑작스러운 질문에 후임이 올 때까지 임시 지배인을 맡고 있다고 자신을 소개한 우치무라 씨가 "왜냐하면 저 혼자 굴리고 있으니까요"라고, 송골송골 맺힌 땀을 닦으며 대답해주었다. 티켓 판매도, 검표도, 영사도, 청소도 전부 혼자 한다는 것이다. 그래서 일주일에 한 번은 쉬어야 한다. 여름방학인 이 시기에는 본토에서 시집온, 동그란 얼굴에 환하게 웃는 검표원 아가씨 한 명이 도와주러 와 있었다. 그녀는 마찬가지로 땀을 흘리는 내게 매점 콜라를 권했다.

반세이칸은 오키나와에서도 가장 역사가 오래된 극장이

다. 선대 극장주가 현역에서 물러나면서 어쩔 수 없이 폐관했을 때, 아마미오 섬에 본거지를 둔 시네마 패닉이 우여곡절 끝에 운영을 이어받아 지금에 이르렀다고 한다. 마을 사람들의 이야기를 들어보니, "예전에는 반세이칸 건물이 얼마나 멋있었는지 몰라!"라고 한다. 그래서 극장 바로 앞길에 그 이름이 당당하게 붙었나 보다. 이 햇빛 찬란한 산호섬에도 영화관이 번화가의 중심이었던 시대가 있었던 것이다.

"오키나와는 생각보다 영화관 이름을 붙인 번화가가 많네요!"

"맞아요, 나하의 고쿠사이 거리도. 어디어디 섬의 무슨무슨 거리도."

우치무라 씨는 자랑스럽게 모르는 곳의 모르는 거리 이름을 열거했다. 이러는 사이에 손님이 한 명 와서 1회차 상영이 시작되었다. 조조 영화는 〈게게게의 기타로 천년의 저주 노래〉였다. 오후는 〈크리스탈 해골의 왕국〉이었고. 그리고 밤에는 〈파트너〉도 걸린다. 컵걸이가 달린 백 석 규모의 훌륭한 객석에서 자랑스럽게 한가운데 자리를 차지한 아줌마는 자기가 지금 이 나라 최남단에서 오로지 혼자 영화를 보고 있다는 사실을 알까? 왠지 엄숙한 그 뒷모습을 바라보며 장내로 들어가는데, 우치무라 씨가 아쉽다는 듯이 중얼거렸다.

"이런, 상영 전에 감실을 보여드렸으면 좋았을 것을."

반세이칸에는 스크린 뒤에 감실을 설치해두었다는 것이다. 예전 극장주 일가가 있던 시절부터 스크린에 경의를 표해 대대로 스크린 뒤에 신을 모셨다고 한다.

극장의 신은 어디 있을지 생각했다. 무대 위에 서는 처지에서 보면 신은 자연히 객석 방향에 있다. 대기실의 감실보다는 오히려 관객석 저 멀리. 연극을 할 때는 끝없이, 압도적으로 주목을 받는 기분이 들어서 그럴지도 모른다. 그러나 영화관에서는 그 방향이 반대다. 이곳에서는 스크린이 이른바 신성성의 대상이다.

시네마 패닉 반세이칸은 최근 교외에 세워진 상업시설 두 개 스크린에 일본 최남단 영화관의 자리를 양보했다.

"새로 생긴 영화관에도 신이 머무실 곳이 있으면 좋겠네요."

기도하는 마음으로 그렇게 말하고, 나는 극장을 떠났다.

이창 계획

오랜만에 온 오이즈미의 도에이 도쿄 촬영소. 아무리 기다려도 오지 않는 차례를 기다리다 지쳐 대기실 창문을 열자 앞에 거대한 맨션 벽이 나타났다. 배우회관 4층 창문으로 원고용지의 네모 칸처럼 정갈하게 배열된 맨션의 창들이 보였다.

오후인데 벌써 창에 불이 켜지기 시작하더니 레이스 커튼 너머에서 하루를 마무리 짓는 밥 냄새가 났다. 내 하루는 아직 시작하지도 않았는데. 창문들의 저녁 메뉴를 생각하다 보니 어느새 지루한 시간이 사라지고 이어서 한 영화와 한 시대가 떠올랐다.

〈이창〉은 긴자 문화 시절에 자주 본 영화 중 하나다. 명화 상영관인 긴자 문화 2에서는 80년대 중반부터 '할리우드 클래식'이라는 이름으로 MGM의 뮤지컬이나 히치콕의 작품 등을 반복 상영했다. 나는 또 이 영화냐고 불평하면서도 〈이창〉만큼은 질리지도 않고 상영관 안으로 숨어들어 보았다. 그레이스 켈리의 유별난 우아함을 보는 것만으로도 좋았는데, 특히 낮부터 공공연하게 누릴 수 있는 엿보기의 즐거움은 최고였다. 이 영화에서는 제임스 스튜어트가 분한, 휠체어를 탄 카메라맨과 함께 마음껏 그의 아파트 뒤쪽 창문에서 벌어지는 드라마를 볼 수 있다.

소리가 들릴 것 같으면서 들리지 않는 건너편 창의 여러 생활, 건물 사이로 보이는 큰길을 지나는 사람들. 살인사건이 일어나거나 말거나, 이보다 좋은 경치는 없다고 생각했다. 이십대인 나는 이 영화 덕분에 처음으로 내 안에 숨은, 엿보는 취미를 깨달았다.

이런 걸 연극으로 할 수 없을까? 그런 야망이 싹텄다. 검표원을 졸업하고 무대 활동에 매진하기 시작한 무렵이었다. 극장의 세트로는 시시하다. 예를 들어 빌딩 한 동을 빌려서 방마다 연극을 하면 어떨까? 관객은 맞은편 건물에서 상하좌

우 창마다 동시에 벌어지는 사건을 훔쳐보는 것이다. 자세하게 보고 싶으면 영화처럼 쌍안경이나 망원렌즈가 달린 카메라를 쓰면 된다. 마이크를 장치해 소리도 들리는 방이 있어도 괜찮겠다. 2층 목조 아파트든 단층집이든, 어쨌든 건물 하나를 다 세트로 삼은 연극을 해보고 싶다. 그러면 관객에 따라 목격한 단편이 다를 테니, 이 극을 본 사람의 수만큼 서로 다른 이야기가 탄생할 것이다.

내가 활동하던 극단에서는 80년대 중반 이후, 극장을 떠나 거리에서 연극을 할 장소를 찾아다녔다. 야외극장이나 텐트 공연은 물론이고, 폐점한 슈퍼나 백화점 옥상, 오래된 일본 가옥의 대청 등 다양한 곳을 세트로 만들어 연극을 올렸다. 그래서 내 은밀한 '이창' 계획도 그렇게 뜬구름 잡는 이야기는 아니었다. 어쨌든 예산과 채산에 눈을 감는다면. 게다가 시기는 실로 거품경제의 오르막길. 도쿄 거리에는 땅값 상승으로 인해 텅 비어버린 건물을 사방에서 볼 수 있었다.

나는 쉴 때마다 연극 장소를 찾아 도쿄의 거리라는 거리를 모두 돌아다녔다. 걷다 지쳐 도쿄타워에 올라가 망원경으로 장소를 물색한 날도 있었다. 운치 있는 건물이나 괜찮아 보이는 빈집과 폐건물은 친구에게 빌린 캐논 FTb라는 구식 일

안 리플렉스 카메라로 촬영했다. 카메라라는 동행이 생기자 홀로 걷기도 더욱 든든해졌다. 이 무기를 갖추고 나니 평소라면 도망쳤을 음산한 골목에 잠입하고, 주저했을 높은 벽에도 기어오르는 내가 있었다. 종군기자가 목숨 아까운 줄 모르는 이유를 조금은 알 것 같았다.

어쨌든 나는 도쿄 뒷골목을 많이 들여다보았다. 법률에 저촉되지 않는 범위 내의 위험을 즐기면서. 이때부터 거리 산책은 영화를 잇는 내 소중한 취미가 되었다. 안타깝게도 대량으로 모은 내 80년대 도쿄 폐가 컬렉션은 다른 사람에게 빌려주었다가 분실해서 증거 한 장 남지 않았지만.

극단원들이 모두 거리를 돌아다닌 보람이 있어서 후에 좋은 공연 장소를 찾았다. 기치조지 모델 하우스. 우리는 밤의 주택 전시장을 마을 하나로 꾸며 연극을 올리기로 했다. 관객은 거리를 걸으며 불이 켜진 창으로 사람 그림자를 엿본다. 그중에 딱 한 채, 열쇠가 잠기지 않은 집이 있고, 관객이 도착하면 각 방에서 연극이 시작된다. 부엌에서는 죽을 대접하고, 다다미실에서는 노인들이 연회를 하고, 목욕탕에서는 젊은 여자가 샤워를 한다. 그런 방들을 누비며, 현관이나 거실이나 침실에서 부모와 자식 역을 맡은 남녀 배우들의 불가

사의한 연기가 전개된다. 관객은 자기가 원하는 순서로 방에서 벌어지는 사건에 입회한다.

집에 들일 수 있는 인원이 너무 소수여서 손님을 부르고 싶어도 부르지 못해 그다지 화제가 되진 않았지만 80년대의 마지막 해, 이 며칠간의 공연이 우리 거리 산책의 총결산이 되었다.

정처 없이 산책하다가 열린 창을 보면 지금도 나는 무심코 안을 들여다본다. 뭔가 사연을 감추고 있는 듯한 건물을 보면 여기에서 연극을 올릴 수 없을지 생각한다. 영화관에서 발견한 즐거움이 분명 나를 거리로 데려와주었다.

"하이리 씨, 질 좋은 레토르트를 목표로 하죠!"

연극 세계에는 듣도 보도 못한 다양한 징크스가 있다. '둘째 날 실패'는 그중에서도 유명하다. 첫째 날 공연을 올리고 긴장이 풀려 둘째 날 공연에 예상하지 못한 짓을 벌이는 것이다. 징크스라기보다 그저 흔하디흔한 부주의라고 해야 할까. 외국에서 연극을 했을 때, 싱가포르인 연출가가 영어로 "오늘은 전형적인 세컨드 데이었어요, 여러분!" 하고 화를 내는 것을 들은 적이 있으니까 아마 전 세계적으로 공통되는 경향일 것이다.

이 '둘째 날 실패'와 나란히 최근 무대에 서는 이들에게는 흔한 우울한 징크스가 있다. '극장에 카메라가 들어오는 날에는 무슨 일인가 벌어진다.' 그 무슨 일은 대체로 그리 좋지 않은 일이다. 대사를 깜박하거나 잘못 말하거나 더듬거리거나 미끄러지거나, 이런 가벼운 수준이라면 아주 흔하다. 결정적인 순간에 음향이 안 나오고 세트가 망가지고 중요한 무대 소품이 사라진다. 도저히 웃지 못할 재난이 다른 때도 아니고 꼭 그날을 노려 닥친다. 그것도 아주 높은 확률로. 그런 날 공연은 둘째 날보다 더욱 우울해진다.

요즘은 대부분 공연이 극장 중계되거나 DVD로 제작되거나 혹은 기록용이라는 이름으로 녹화되기도 하니까 공연하는 동안 극장에 카메라가 들어오는 일이 당연히 자주 있다. 보통 연극 일정이 중반부를 지났을 즈음, 낮과 밤 2회 공연이 있는 날 녹화가 이루어진다. 낮 공연은 카메라 리허설, 밤 공연은 본 촬영. 물론 2회 다 녹화해서 좋은 쪽을 연결해가며 편집한다. 그래서 만약 낮과 밤 중 한 번, 예를 들어 나와야 할 피가 나오지 않았더라도 그 장면은 피가 나온 회차의 영상을 사용하면 된다는 소리다.

최근 내가 출연한 공연에서 2회 다 똑같은 부분에서 실수가 있었다. 접이식 우산을 잭나이프처럼 튀어나오게 하는 액션에서 낮에는 우산이 나오지 않았고, 밤에는 너무 세게 나가버려서 우산 끝이 객석까지 날아갔다. 다행히 관객이 다치지 않아서 한바탕 웃음을 선사하는 것으로 끝났지만, 텔레비전에 방영될 때는 대체 어느 회차를 쓰려나 모르겠다.

그러는 나도 그날은 낮 공연과 밤 공연 모두 대본과 다른 새로운 대사를 날조했다. 극장에 카메라가 들어오는 날이면 대체 무슨 지벌°인지, 다른 날에는 없는 트러블이 자꾸 발생한다. 그리고 곤란하게도 그런 회차만 기록되어 나중까지 남는다. 더 곤란한 것은 실제로 극장에 와서 보는 사람보다 영상을 보는 사람이 확실히 더 많다는 것이다.

트러블이 있든 없든 무대 공연이란 원래 집에 가져가서 볼 수 있게 만들어지는 것이 아니다. 차게 해서 먹어도 맛있게 만들어지지는 않는 것이다. 예를 들어 요즘은 긴 행렬이 서는 유명 라면집의 맛을 최대한 비슷하게 흉내 낸 컵라면을 편의점에서 판다. 그러나 집에 와서 컵라면에 물을 부어 먹는 사람은 당연히 가게에서 먹는 라면과 똑같다고 생각하지 않을 것이다. 연극 DVD도 마찬가지다. 눈앞에서 만들어지는 신선한 풍미를 그대로 집에 가져가기란 불가능하다. 컵라면처럼, 전

○ 신이나 부처에게 거슬리는 일을 저질러 당하는 벌.

혀 다른 것이라고 여기고 그 차이를 즐겨주시길 바란다.

내가 당당하게 "연극 영상은 공연을 레토르트 파우치에 담는 것이나 마찬가지니까 DVD 패키지에 이건 레토르트라고 써야 해요!"라고 주장하는 것을 잘 아는 이번 촬영 감동은 촬영 당일, 객석에 아홉 대나 설치된 카메라에 겁을 먹은 내게 "하이리 씨, 질 좋은 레토르트를 목표로 하죠!" 하고 경쾌하게 용기를 주었다.

영화는 연극보다 훨씬 예전에 집에 가지고 갈 수 있게 되었다. 전직 검표원인 나도 빌려온 비디오나 DVD를 감상하는 생활을 편리하게 누리고 있는데, 절대 꺾을 수 없는 고집이 딱 한 가지 남았다.

신작 영화가 개봉할 때, 가끔 나 같은 사람에게도 홍보 의뢰가 온다. 평소 잔뜩 신세를 지는 영화관에 사람을 불러 모으는 데 도움을 주는 일이다. 취향을 벗어나도 너무 벗어난 영화가 아닌 이상, 기쁘게 그 역할을 맡으려고 한다. 그러나 최근에는 시사회 알림도 전혀 없이 갑자기 DVD를 보내는 경우가 많다. 극장에서 아직 개봉하지도 않은 영화일 텐데, DVD로 먼저 맛을 보라니 좀 이상하다. 물론 시사회에 참석하는 고생이나 시간을 배려하는 것임은 알지만, 이것만큼은 얌전히 알았다고 받아들이지 못하겠다. 영화관 출신, 극장에서 자란 나의 절대로 양보할 수 없는 마지막 보루다.

비디오 신드롬

  셈해보니 쇼와 50년대° 초의 일이다. 어머니의 친구 부부에게서 초대장을 받아 자택에서 개최하는 비디오 상영회에 참가하기로 했다. 집에서 영화를 보는 것은 텔레비전에서 방영하는 명화 극장 같은 프로그램이 고작이었던 시대. 영화와 사랑에 빠진 중학생인 나는 낯가림도, 사춘기의 복잡한 부모 자식 관계도 일단 나중으로 미루고, 어머니와 둘이 버스를 타고 외출을 했다.

○ 1975년~1984년 무렵.

한적한 주택가의 세련된 단독 주택. 다다미 여덟 장 크기의 응접실에 식당 의자 따위를 놓고, 어딘가 분위기가 신묘한 남녀노소가 잔뜩 모여 있었다. 소파에 앉지 못한 아이들은 카펫 위에서 뒹구는 와중에 나는 똑바로 앉아서 〈셰인〉을 보았다.

영화가 끝나자, 아주머니가 직접 만든 케이크와 홍차를 내왔고, 아저씨는 자랑스럽게 영화 해설을 시작했다. 상쾌하고 품격 있는 영화 다도회였다. 하교하면 교복을 갈아입고 시부야나 고탄다의 명화 극장에 숨어들던 내게는 아주 따뜻한 공간이었다. 단속원도 없고 치한도 없다. 무엇보다 돈이 들지 않는다. 그 후에도 몇 번인가 방문해서 잘 모르는 사람들과 함께 차를 마시며 〈오케스트라의 소녀〉 등을 보았다.

우리 집에 비디오플레이어가 생긴 것은 내가 대학교를 졸업한 1985년이었다. 그보다 10년이나 전에, 대부호라고까지 할 수 없는 그 집에 '절벽 위의 꽃'이나 다름없는 미래 기계가 왜 있었던 걸까? 어쨌든 나는 책장에 잔뜩 꽂힌 고전 영화 비디오테이프를 보며 '이 집 딸로 태어났으면 얼마나 좋았을까?' 하고 몰래 바라기도 했다.

긴자 문화에서 검표원 일을 시작한 무렵에는 비디오가 아직 세상에 널리 보급되지 않았다. 그런 시절에 호쇼 대학교의 영화 연구 동호회 소속인 남자 아르바이트 학생이 8밀리 영사기를 갖고 있었다. 그는 그 기기로 볼 영화 필름을 열심히 모았다. 음성용 카세트테이프가 달려서 아마 만 엔은 족히 했을 물건이다. "언제든 집에서 영화를 볼 수 있다고." 그는 콧노래를 불렀다. 그에 대항해 검표원들은 "집이라고 해 봤자 욕조도 없는 하숙집이잖아!"라고 흠을 잡았지만, 욕조와 영화 둘 중에 어느 것과 함께 살고 싶은지 묻는다면 아무래도 영화라고 소곤대곤 했다.

그로부터 5년도 지나지 않아 욕조 없는 검표원의 방에도 비디오플레이어와 동거하는 시대가 왔다. 큰 동네에는 영화 비디오를 대여하는 최첨단 가게가 생겨 나는 종종 긴자나 시부야까지 일부러 전철을 타고 비디오를 빌리러 갔다. 입회금이나 보증금이라는 명목으로 5천 엔, 2박 3일에 1,500엔쯤 냈던가. 영화 티켓 값이면 영화를 이틀 밤 동안 내 것으로 할 수 있다. 비싸다고 생각하지 않았다. 원하는 영화가 베타맥스°밖에 없어서 눈물을 흘린 적도 있다.

○ 소니가 1975년에 개발한 고밀도 녹화 방식. VHS보다 훨씬 많이 녹화할 수 있는데 VHS 방식과 호환이 되지 않았다. 결국, 시장 경쟁에서 패해 현재 가정용으로 쓰이지는 않는다.

검표원 동료의, 기념할 만한 제1회 비디오 상영회는 오후 반이 퇴근한 뒤, 욕조 없는 검표원의 아파트에서 열렸다. 자고 갈 것을 각오하고 여럿이 모여 〈바스켓 케이스〉를 보았다. 작은 고타쓰°에 다리를 넣고 바동거리며 샴쌍둥이의 슬픈 호러를 보았다.

동생은 자기 몸에서 잘려나간 기형의 형을 바스켓 케이스에 숨긴다. 형제를 떼어놓은 아버지와 의사에게 복수를 하려고. 집주인인 검표원은 부엌에서 바쁘게 야식을 만들어서 딱 적절한 시기를 노려 바스켓에 담은 구운 주먹밥을 내놓는다. 바스켓 케이스에서 삼각형 고깃덩어리가 된 형이 뛰어나오는 장면. 우리는 꺅꺅 비명을 지르고 울고 웃으며 괴물과 형태와 색이 똑같은 구운 주먹밥을 해치웠다. 〈바스켓 케이스〉여서 다행이었다. 〈지렁이 버거〉였다면 뭘 먹었을지 모른다.

당연하다는 듯이 어느 방에나 비디오가 살게 되었을 무렵, 극장에서 재미있는 광경을 보았다. 상영이 시작되고도 수다를 떨던 옆자리 커플이 도중에 "뭔 얘긴지 모르겠어"라며 스크린을 향해 보이지 않는 리모콘을 조종하기 시작했다. 허공

○　실내 난방 장치. 탁자 아래에 특별한 전열 기구를 넣고 이불을 덮은 것.

의 버튼을 계속 누르던 남자는 마지막에 "쳇, 되감기가 안 되네"라고 중얼거렸다.

회사원인 어떤 친구는 아무리 바빠도 반드시 하루에 한 편은 집에서 비디오를 본다고 자랑스럽게 말했다. 그것도 자막이 있는 외국 영화만. 전편을 빨리감기 해서 자막만 본다고 한다. "그래서 미안해. 네가 나오는 일본 영화는 못 봐." 그는 그런 소리를 멀끔한 표정으로 했다.

그로부터 수년, 집에서 영화를 보는 것이 완전히 귀찮아졌다. 언제든 볼 수 있다고 생각하니 언젠가 보면 된다고 생각하게 되었다. 몇 번이든 볼 수 있게 되자 몇 번이든 안 보게 되었다. 아무리 사랑하던 '절벽 위의 꽃'이라도 20년이나 같이 살면 그런 기분이 드는지도 모르겠다.

동물적인 감에만
의존하는 여행

엉뚱하게도 작년 연말 어느 날, 나는 효고현 기노사키 온천의 갓포 술집°에서 복숭아색 반투명의 신기한 생선에 감탄하고 있었다. 엉뚱한 일도 종류가 다양하지만, 내 엉뚱함은 이런 식이다.

컴퓨터가 망가졌다. 매일같이 서비스 센터에 전화해 무선전화기의 배터리가 방전될 때까지 싸웠으나 전혀 상태가 나

○ 칼과 불을 써서 음식을 만들어낸다는 뜻으로, 갓포 술집은 그런 즉석 고급요리를 내는 술집을 말한다.

아지지 않았다. 증상이 사라졌다가 나타나고 사라졌다가 나타나서는, 결국 한 달이나 병에 걸린 아이를 품에 안듯이 컴퓨터에 달라붙어 있었다. 지쳐버린 나는 생각했다. 병이 든 것은 이 아이가 아니다. 아침에 일어나면 알람시계를 멈춘 손으로, 밤에 집에 돌아오면 방 불을 켠 손으로 곧장 컴퓨터의 전원을 켜러 가는, 기계 없이는 밤도 낮도 버티지 못하는 내가 문제다. 아이를 떠나보내는 여행을 나서야 한다.

마침 오사카에 하루치 일이 있었다. 돌아오는 길에 나는 기계의 힘에 의지하지 않고 발길 닿는 대로 여행을 할 것이다. 평소라면 여행 전에 인터넷으로 면밀하게 사전 조사를 빠트리지 않는다. 의지할 사람 없는 나 홀로 여행. 낭비 없이, 빠짐없이 즐기기 위해서 숙소부터 식사, 볼 것, 지도에 노선도에 시각표, 검색하고 또 검색한다. 그러나 이번에는 사전 조사를 전혀 하지 않고 동물적인 감에만 의존하는 여행을 하고야 말겠다!

오사카에서 일을 마친 다음 날, 나는 고베 친구들과 아카시에서 아카시야키°를 먹고 헤어졌다. 이제부터 감을 시험하는 여행의 시작이다. 눈앞에는 부두. 아와지 섬으로 건너는 페리 선착장이다. 문어가 춤추는 그림이 그려진 유쾌한 배와 차분한 세토내해. 붙임성 좋은 풍경이 지금 기분과 어울리지 않는다. 조금 험준한 경치가 보고 싶었다. 나는 아카시 역으로 돌아가 그때 처음으로 효고 노선도를 보았다.

산으로 가는 두 가지 노선이 있다. 가코가와에서 후쿠치산 방면으로 가는 가코가와 노선. 히메지에서 산인본선 노선으로 이어지는 반탄 노선. 반탄 노선이다! 발음이 뭔가 위압적이다. 초장부터 버튼식 문을 닫는 것을 깜박해서 혼났다.

데라마에 역에서 갈아탄 순간부터 경치도 바라던 대로 험준해졌다. 깊은 산골 여기저기에 "반탄선 복선 전철화!"라는 표어가 붙어 있었다. 전철을 탄 줄 알았는데, 나도 모르는 사이에 디젤이 끄는 기차 여행이 되었나 보다. 와다산에서 산인본선으로 갈아타 이름만 보고 끌리는 역에 내렸다.

역 이름은 야부養父였다. 이유는 모르겠는데, 근처에 온천이 있을 듯한 예감이 드는 역이었다. 열 명쯤 되는 승객이 슬금슬금 내린다. 그렇다면 무언가 있는 것이 분명하다. 개찰구를 나오자 작은 경차 몇 대가 꽁무니를 이쪽으로 보이고

ㅇ 달걀, 밀가루 등에 문어를 넣고 맛국물에 찍어 먹는 효고현 아카시시의 향토 요리. 타코야키와 비슷하게 생겼지만 다른 음식이다.

서 있었고, 그들은 마중 나온 차를 타고서는 순식간에 사라졌다. 무인역의 사람 없는 역 앞에 나만 오도카니 남겨졌다. 눈에 보이는 세계에서 유일하게 불이 들어온 약국이 지금 막 문을 닫으려 하고 있었다. 나는 전속력으로 달려가 "이 근처에 숙박할 곳은 없나요?"라고 물었다.

겨울 해는 워낙 과감해서 일단 가라앉으면 순식간에 한밤중 같은 어둠이다. 약사가 가르쳐준 이 마을의 유일한 민박집은 그림자도 보이지 않고, 누군가를 붙잡아 매달리고 싶었으나 다음 열차를 기다리는 한 시간 반 동안, 사람이라곤 단한 명도 만나지 못했다.

이번에야말로 확실하게 온천이 있는 마을에 내려야 한다. 다행히 산인본선에는 기노사키 온천이라는 이름의 역이 있었다. 어쨌든 욕조와 잠자리가 있는 곳에 도착하긴 했나 보다. 결과적으로 알려지지 않은 마을의 숨겨진 여관에 묵으려는 각오는 일변해서 유명한 온천 마을의 호화로운 노포老鋪 여관에서 하룻밤을 보내게 되었다.

이런 얼렁뚱땅 경과를 거쳐 나는 야밤에 기노사키 온천의 술집에서 늦은 저녁을 먹는 형편이 된 것이다. 그건 그렇고 이 '조베'라는 신기한 생선의 맛이 정말이지, 토막을 내어 튀

겼는데, 튀김의 기름과 어우러져 반투명 한천질이 흐물흐물 녹았다. 동해에서 게잡이를 할 때, 어망에 섞여 올라오는 것을 평소에는 버린다고 한다. 인터넷 검색에도 걸리지 않는 이 지역 토박이 맛이다.

감에 의존한 여행의 예상치 못한 성과에 기분이 좋아진 나는 조금 수다를 떨었다. 일에 관해서 묻는 대로 대답하다가 가게의 젊은 사모님과 영화 이야기를 나누기 시작했다. 이 주변이라면 영화를 어디에서 볼까. 당연하다는 듯이 "근처에 복합 영화관이 있나요?"라고 묻자, "영화관이라면 도요오카에 딱 하나 있어요. 이 시기는 추우려나요"라는 대답이 돌아왔다. 손님이 적다는 의미일까? 그런데 젊은 사모님의 그 대답이 내 마음속의 불을 화르르 지폈다.

"왜냐하면 스토브거든요."

내가 일하던 시절에는 긴자 문화도 석탄 난방이었다. 그렇다고 장내에서 석탄 스토브를 태우는 것은 아니다. 지하실 보일러다. 그런데도 다카바에서는 겨울이면 발아래에 전기 스토브가 필수품이었다. 양말이 종종 타곤 했다. 검표원들은 그 발 냄새가 나는 스토브로 떡을 구워 배를 채우기도 했다. 옛날이야기로 스토브가 있는 영화관이 있었다고 듣긴 했지만, 실제로 본 적은 없다. 그렇다면 조금 전에 세운 내일 여행 계획은 없던 것으로 하고 스토브를 쬐면서 영화라도 보면 어떨까.

이것이 컴퓨터와 나와 도요오카 극장의 엉뚱한 인연이다. 한마디로, 기계의 힘을 빌리지 않고도 내 몸의 검색 기능은 멋대로 영화관을 찾아주었다.

스토브, 가기 어려운 곳

"어머, 영화관에 간다고요?"

반지르르한 밥을 푸며 조식을 준비하던 여관 안주인이 눈을 동그랗게 떴다. "스토브가 있는 영화관을 보고 싶어서요…"라고 소심하게 중얼거리자 안주인은 바로 "아아, 도요오카 극장!" 하고 알아차렸다.

도요오카는 여기 기노사키에서 산인본선을 타고 15분쯤 와다산 쪽으로 돌아간 곳이다. 효고현 북부, 옛 다지마 지방의 중심 도시다. 관동에 사는 나는 도요오카라는 지명도 처음 듣거니와 다지마라는 상투 튼 모습이 연상되는 이름에도 익숙하지 않았다.

어제 밤늦게 예약도 없이 찾아온 여자 하나를 흔쾌히 받아준 곳은 기노사키 온천의 유토야라는, 대문이 우아한 온천 여관이었다. 1688년에 창업, 으뜸가는 노포다. 노포에는 세월의 깊은 흔적이 남아 있었다. 게다가 안주인이 참 배포가 두둑하니 접대를 잘했다.

"도요오카 극장은 가기가 너무 어려워요. 외부에서 온 사람은 아마 못 찾을 거예요. 좋아요, 와다산에 쇼핑하러 가는 김에 태워다줄게요. 대신에 다지마의 명소도 속은 셈 치고 한번 봐보세요."

안주인의 청산유수 같은 말에 홀려서 "네에" 하고 어중간하게 대답하고 말았지만, 외지인이 찾기 어려운 영화관이라니, 이것 또한 군침 도는 한마디였다.

안주인의 차는 마루야마강을 따라 도요오카로 거슬러 올라갔다. 어젯밤은 동해를 향해 내려왔는데 오늘 아침은 이 강을 거슬러 올라간다.

대형 노면점이 늘어선 중심 도로에서 마을 안으로 들어가자, 역에서 이어지는 상점가에 시청 등 클래식한 건물이 드문드문 남아 있었다. 상당히 고풍스러운 거리였다. 과연, 뒷골목 어딘가에 낡은 영화관이 숨어 있는 냄새가 났다. 그런데 차는 거리에서 점점 멀어져 인적이 드문 주택가로 들어갔다. 유난히 텅 빈 느낌의 빈터에 차가 멈추고, "여기예요!"라는 안주인의 목소리에 정신을 차리고 밖으로 나왔다.

스토브, 가기 어려운 곳. 그런 단어의 나열에서 뒷골목 폐가 같은 영화관을 상상했는데, 눈앞에 나타난 건물은 낡고 거대한 창고 같은 모습이었다. 주택가의 볕 좋은 모퉁이에서 위압적이라고 할 수밖에 없는 위용을 자랑하고 있었다. 빛바랜 홍백색 비닐, 붉은 바탕에 "도요☆극장"이라고 하얗게 새겨진 간판이 겨자색의 그을린 벽에 안 어울리게 걸려 있어서 마치 거기만 살짝 화장한 것처럼 보였다.

묘하게 무뚝뚝해 보이는 도요오카 극장이지만, 지배인인 야마사키 씨는 아주 친절하게 극장 견학을 허락해주었다. 매표소 뒤에 매점이 있고, 그곳을 경계로 극장은 크고 작은 두 관으로 나뉘었다. 220석인 상연관은 〈벼랑 위의 포뇨〉 다음 상영을 앞두고 휴식, 70석인 상영관은 〈용의자 X의 헌신〉이 상영 중이었다. 나는 파문형으로 호를 그리는 아름다운 계단을 몇 단 올라가 커다란 극장의 문을 열어보았다. 콘크리트를 깐 단층 장내는 겨우 220석이라고는 믿기지 않을 정도로 천장이 높고 넓었다. 그리고 여유로운 객석 한가운데, 중앙 통로의 오른쪽과 왼쪽에 당연하다는 듯이 거대한 석유 스토브가 놓여 있었다.

도요오카 극장은 1927년에 지어졌고 현재 효고현 북부의 유일한 영화관이다. 선대는 약 30년 전에 극장을 증축해 두 관으로 늘렸고, 도쿄에서 일하던 야마사키 씨가 아버지의 뒤를 이어 지어진 지 80년이 된 극장을 맡았다고 한다. 애초에 연극용으로 지어진 극장이어서 무대 밑 공간의 흔적과 순회 공연자들이 묵을 수 있는 대기실 등도 남아 있었다.

"연극 무대로 쓰였을 때는 여급도 많이 있었어요."

그런 설명을 듣자마자 옆에 섰던 안주인이 아장아장 걸어 오는 모녀 관객을 상대로 "자아, 스토브 옆이 비었어요. 다들 퍼지지 말고 따뜻한 곳에 모여요, 어서!" 하고 여급 역할을 해주었다. 그 목소리에 "전관 제대로 난방을 하고 있으니까 괜찮아요!"라고 대꾸한 아저씨는 선대 시절부터 반세기 이상 근무하고 있는 극장의 주인이다. 물론 잘 알아요. 극장이 크니까 관객이 적으면 효율이 낮죠. 그의 말에 응수하면서 나는 다시금 여든 살이나 먹었지만 그렇게 늙어 보이지 않는 장내를 둘러보았다.

136

그건 그렇고 이 호화로운 극장이 왜 역에서도, 번화가에서도 먼 이런 뜬금없는 장소에 있을까? 내 질문에 야마사키 씨의 눈이 순간 반짝 빛났다. 그리고 말없이 밖으로 나가더니 제방 옆길 모퉁이로 나를 이끌었다.

"자, 바로 저기에 마루야마강의 선착장이 있었어요. 보세요! 주택가인데 요정이 여기저기 남아 있죠!"

손가락이 가리키는 곳을 본 순간, 내 동공에 본 적도 없는 선착장의 소란스러움이 비쳤다. 한산한 주택가가 사람들이 바쁘게 오가는 요염한 거리로 바뀌었다. 알 리가 없는 경치가 선명하게 떠올라서 코가 시큰해졌다.

그 옛날, 기타마에부네°가 있던 시절부터 마루야마강은 동해의 항구와 육로를 연결하는 수운으로 번영했다고 한다. 이 극장은 그 요충지였다. 생각해보면 이런 커다란 극장이 역 앞에 있었다면, 현재 이런 형태로는 남아 있지 못했을 것이다. 단숨에 호기심이 풀려 극장을 올려다보니 증축된 외벽 위로 창건 당시의 삼각형 뱃집 지붕이 보였다. 엄숙하게 '도요오카'라고 적힌 돋을새김이 초연히, 먼 미래를 내다보는 것처럼 보였다. 그렇다. 지나간 옛일을 그리워할 때가 아니다. 여든 먹은 이 영화관은 아직 현역이다.

스토브에 손을 쬐며 보는 포뇨에 미련을 남기고, 나는 안

주인의 차를 타고 도요오카 극장과 작별을 고했다. 요즘 시대의 작고 편리한 배를 타고.

햇빛 쏟아지는
하나미치

하나미치°의 시치산°°에서 최고의 마지막 장면을 마치면 1,600명이 앉은 객석에서 우레와 같은 박수 소리가 울려 퍼진다. 가끔 "가타기리!"라고 외치기도 한다. 나는 행복해서 쇼맨십이 절정에 이른다. 평소 이상으로 뽐내는 발걸음으로 세상에서 가장 긴 하나미치를 달린다. 10년도 훨씬 전, 야마다 이스즈 선생과 아시야 간노스케 선생의 〈요코하마 돈타쿠〉라는 연극에 섰을 때의 이야기다. 나고야 미소노자의 하

ㅇ 관람석을 가로질러 배우들이 오가게 만든 통로.
ㅇㅇ 하나미치 출입구에 친 막으로부터 7, 무대로부터 3인 지점.

나미치는 일본에서 가장 길다.

"하나미치라는 양식이 일본에만 있으니까 일본 제일이란 곧 세계 제일이란 소리지요."

미소노자의 사장님이 이렇게 말씀하셨다. 소극장에서는 절대 맛보지 못하는 극장 구조의 진미에 완전히 빠져버린 나는 그 후, 신바시 연무장에서 출연 의뢰를 받은 것을 기회로 삼아 "하나미치를 달릴 수 있게 해주신다면"이라고 분수도 모르고 조건을 내걸었다.

연무장에서는 퇴장은 물론이고 등장도 경험했다. 차랑, 하는 소리와 함께 막이 열리고 풋라이트가 켜지면, 본 무대에 집중하던 객석의 파동이 일제히 하나미치로 향한다. 회오리 바람이라도 분 듯이 대단한 기의 흐름이다. 그 한가운데를 어깨로 바람을 헤치며 나아간다. 눈앞이 아찔해지는 그 한때라니. 보는 입장이라도 그렇다. 기다리던 연기자가 절묘하게, 기가 막힌 타이밍에 하나미치에 나타날 때, 나는 늘 온몸에 닭살이 돋는다.

하나미치는 영화로 말하자면 클로즈업이다. 이것도 미소노자 사장님의 주장이다. 무대에 서는 자가 가장 최고로 빛나는, 들고 빠지는 순간을 조금이라도 오래, 조금이라도 가까이서 보고 싶다, 보여주고 싶다. 하나미치는 그런 욕심 많은 연극의 꿈을 실현한 획기적인 무대 구조라고 생각한다.

오랜만에 하나미치를 걸었다. 그것도 1901년, 메이지 34년에 개장했다는 그야말로 빈티지한 연극 극장의 하나미치를. 평균대처럼 폭이 좁은 디딤널로 나뉜 관람석에 관객은 단 한 명도 없었고, 사람 힘으로 돌리는 나무 조립식 회전 무대 위에는 아무것도 장식되어 있지 않았고, 우아하게 꾸미고 온 것도 아닌, 터질 듯한 배낭을 등에 진 관광객 행색이기는 했지만.

바람 부는 대로 동해 근처 효고현 북부를 돌아다녔다. 지금까지 들어본 적도 없는 도요오카라는 땅에 묘하게 친숙함을 느껴 이 시의 명소를 돌아보다가, 고노토리 문화관에서 우연히 본 전단에 이끌려 나는 이 극장을 방문했다. 2도 인쇄된 평범한 전단지에는 이렇게 적혀 있었다. "긴키에서 가장 오래된 연극 극장, 이즈시 에이라쿠칸."

다지마의 작은 도쿄라고 불리는 이즈시는 전통적인 건물이 여럿 남은 오래된 성 아랫마을이다. 에이라쿠칸은 이 동네의 연극 애호가인 직물업자 고하타 가문이 1873년에 시작한 농촌 가부키 무대°가 발단이었다. 1901년에 지금 장소에 연극 극장을 건설했고, 60년간 대활약하다가 1964년, 내가 태어난 다음 해에 막을 내렸다. 그리고 작년 2008년, 과거 백 년간의 증개축 도면을 참고해 무대 구조가 가장 충실했던 다이쇼 시대°°의 모습으로 복원했다.

신기한 것은 그 공백 기간이다. 내가 살아온 것과 거의 같은 세월을 빈집인 채로 지켜왔다는 소리다. 언젠가 다시 연극을 올릴 날을 믿고서. 지금은 시가 관리하고 있고, 작년 여름에는 가타오카 아이노스케 씨의 대형 가부키 등을 올리며 재개장하면서 이렇게 견학 시설의 역할도 수행하고 있다.

44년의 잠에서 깨어난 극장은 오래되었으면서도 새로웠다. 먼저 하나미치부터 걸어보았다. 싸라기눈이 내려서 밖은 춥다. 일회용 손난로를 넣은 신발을 막 벗은 습한 발이 감물을 칠한 하나미치에 철벅철벅 발자국을 남겼다. 7백 석쯤 되는 객석이 다 차는 날도 종종 있었다는 메이지, 다이쇼 시대의 배우들도 디근 형태로 둘러싼 2층석까지 사람들로 꽉 찬

○ 에도 시대부터 농민의 오락이었던 농촌 가부키나 인형극을 올리기 위한 극장. 농촌 가부키는 전문가가 아니라 일반인들이 올리는 가부키를 말한다.
○○ 1912년 7월 30일부터 1926년 12월 25일까지, 다이쇼 천황이 통치하던 시대.

극장에서 이렇게 발바닥을 땀으로 적시며 하나미치를 달렸을까. 여기저기 눈에 띄지 않게 복원한 흔적이 있지만, 그때의 땀이 묻어 있는 똑같은 하나미치다.

대기실에는 분장을 위해 켠 촛불로 탄 흔적이 있고, 다유자°나 하야시바°°에는 배우들이 남긴 새까만 낙서가 있었다. 천장이 낮은 복도로 나오자, 그곳에는 신기하게도 오래된 영화 포스터가 잔뜩 붙어 있었다.

에이라쿠칸에서는 연극 이외에 다이쇼 시대부터 활동사진 상영을 시작했다고 한다. 1930년에는 2층에 영사실을 설치했다. 이듬해부터 발성영화의 시대가 되어 2005년 이후에는 바닥 객석에 나무 벤치를 놓고 주로 영화관으로 운영했다. 그 후 텔레비전이 보급되면서 도쿄올림픽 해에 폐관했다. 긴키에서 가장 오래된 연극 극장은 일본 영화사를 제법 솔직하게 체현한 영화관이기도 한 것이다.

연극에서 영화로, 영화에서 텔레비전으로. 그리고 영화는 비디오와 DVD가 되고, 앞으로는 디지털 세계로 넘어가려

○ 무대 위쪽의 높은 단.
○○ 샤미센이나 북 등을 연주하는 곳으로 다유자의 아래쪽.

나. 경사진 2층석에서 늘씬하게 뻗은 아름다운 하나미치를 내려다보며, 나는 가부키 이래 '생생한' 무대의 끈질김을 생각했다. 극장의 놀라운 기의 흐름을, 그 소름 돋는 느낌을 대신할 것은 없다.

에이라쿠칸을 방문한 다음 날, 나는 일본 3대 절경 중 하나인 아마노하시다테를 보러 갔다. 싸라기눈이 섞이던 날씨가 완전히 눈으로 바뀌어 내렸다가 그쳤다가를 반복했다. 케이블카로 오르는 동안에도 눈이 펑펑 기세 좋게 내리더니 전망대에 도착하자 3미터 앞도 보이지 않을 정도로 폭설이 되었다. 몇 안 되는 관광객들도 갑작스러운 비극에 웃었다. 그러나 모두가 발걸음을 돌린 그 순간, 갑자기 눈이 멎고 순백의 막이 산기슭에서 차츰차츰 올라가더니, 그 너머로 눈으로 아름답게 분장한 바다 위의 외길이 모습을 드러냈다. 그때 그 자리에 있던 모든 사람들의 피부에 전무후무한 소름이 돋았을 것이다. 누가 먼저랄 것도 없이 박수가 터졌고, 나도 무심코 "일본 제일!"이라고 신음했다. 오싹할 정도로 완벽한 천연 하나미치였다.

국경 마을을 지키는
단 하나의 영화관

기타긴키 탱고 철도.

일단, 춤을 출 것 같은 이 이름이 문제였다. 오늘 안으로는 도쿄로 돌아가야 하는데. 오늘 아침에 역무원이 "직통은 하루에 몇 대 없으니까 조심하세요!"라고 충고를 해줬는데. 아마노하시다테 역의 플랫폼에서 교토행 직행 열차를 놓치고 말았다. 급행이 가버린 뒤에 온 것은 선명한 하늘색의 1량 열차. 노선도를 보니 단고반도 아래를 횡단해 니시마이즈루로 간다.

하늘색 기동차로 해변을 달린다. 전신주도 전선도 없으니까 경치는 그야말로 개방감이 있었다. 유라강 하구를 지날 때는 마치 〈센과 치히로의 행방불명〉의 바다 위를 달리는 열차를 탄 것만 같았다. 기타긴키 탱고 철도. 이름대로 춤을 추고 싶어질 만큼 기쁘고 즐거웠다.

니시마이즈루 역에서 다시 도쿄로 돌아갈 계산을 했다. 다행히 한 시간하고 조금만 더 기다리면 교토로 가는 특급이 있었다. 역 앞에서 차라도 마시려고 유리창 너머로 역사 아래를 내려다보는데, 성을 본뜬 아치에 적힌 "신세계 상점가"라는 거대한 붉은 문자가 눈에 들어왔다. 긴자라는 이름이 붙은 거리는 도쿄에만 있는 것이 아니라 일본 여기저기에 있다. 긴자가 은화를 만들던 관청을 뜻하는 말이기 때문이다. 그렇다면 이 니시마이즈루의 신세계 상점가는 오사카의 츠텐가쿠°와 어떤 관련이 있는 것은 아닐까? 나는 또 이름의 마력에 휘말렸다.

니시마이즈루 역 앞에는 개미지옥처럼 매혹적인 상점가가 이어졌다. 오사카의 환락가와 달리 난잡한 느낌이 없는 한적한 신세계 상점가를 빠져나오자, 선 몰 마나이라는 출구

○ 오사카의 환락가, 통칭 신세계라고 불리는 곳의 중심에 있는 탑.

가 보이지 않는 긴 아케이드가 나타났다. 거대한 것에 비해 어둡고, 사람 통행이 놀랄 만큼 없었다. 우연히 지나치는 여행자로서는 견디지 못할 쓸쓸함이다. 손목시계를 곁눈질하며 바쁘게 걸었다. 간신히 끝까지 도착하자, 이번에는 히라노야 스트리트의 알쏭달쏭한 이국적인 장식에 이끌렸다. 사람이라곤 없는 거리에 극채색의 저렴한 아치, 파꽃 형태의 기묘한 첨탑.

자연의 절경도 좋지만 나는 이런 시들어가는 경치도 누리고 싶어서 여행자가 되었다. 이럴 때 수상한 뒷골목 따위라도 발견하면 큰일이 생긴다. 지금도 아까부터 골목 안쪽에 보이는 수로 흔적 같은 강변길이, 하얀 벽과 기와지붕이 나란한 고풍스러운 거리가 궁금해서 미칠 것 같으니 말이다. 오늘 안에는 도쿄로 돌아가야 하는데. 그렇게 생각하면서도 내 눈은 자꾸만 골목을 정처 없이 헤매며 비에 맞은 영화 포스터 따위를 바라보았다. 그리고 또 그 극장의 이름에 머리를 한 대 맞았다. 마이즈루 야치요.

야치요자도, 야치요 극장도 아니고 그냥 야치요. 거리낌 없이 부른다. 중학생 때, 수학 보충반에서 나와 꼴찌를 다툰 여자애와 같은 이름이었다. 그 애는 수학은 꼴찌라도 묘하게 걸물이라는 느낌이 나는 신기한 학생이었다. 나는 얼른 지나가는 사람에게 야치요의 위치를 물었다.

"영화관은 히가시마이즈루인데."

"거기 먼가요?"

"니시와 히가시는 다른 마을이니까."

나는 가슴을 쓸어내렸다. 지금 영화관을 방문했다가는 특급을 놓칠 것이다. 안 그래도 걸어서 돌아가면 늦을 만큼 역에서 멀어졌다. 나는 항구의 토레토레 센터에서 택시를 기다려 니시마이즈루 역으로 돌아가기로 했다.

그런데 이것이야말로 여행의 기적. 드디어 온 택시를 타자마자 내가 말한 목적지는 "히가시마이즈루!"였다. 그 극장이 이를테면 마이즈루 시네마즈이거나 시어터 이스트 마이즈루였다면 망설이지 않고 니시마이즈루 역으로 가서 귀갓길에 올랐을 것이다. 그런데 야치요다. 하필이면 야치요다.°

검표원을 졸업하고 2년쯤 뒤에 긴자 문화 1은 시네 스위치 긴자로 이름을 바꿨다. 건물은 같지만 인상이 매우 다르다. 센과 치히로 수준으로 다르다. 가끔 전화를 걸면 지배인이 그럴싸한 발음으로 "네, 시네 스~위치입니다"라고 받는 것이 웃기고 슬퍼서, 전직 검표원들과 "우리의 긴자 문화가 외

° 야치요八千代는 '오랜 세월'이라는 뜻이다.

국인이 됐어"라며 위로했다. 그런 추억을 떠올리며 히가시 마이즈루로 향했다.

택시가 가는 길은 어떤 이끌림 때문인지, 마이즈루라는 마을의 핵심을 순조롭게 둘러보는 길이었다. 항구를 따라서 메이지 시대 해운 산업의 흔적인 붉은 벽돌 창고가 줄지어 서 있고, 동해 쪽으로는 유일한 해상자위대 기지와 회색 거함 몇 척이 위압적으로 정박해 있었다. 신호 대기로 멈추자, 해상보안청이나 보안학교 제복을 입은 사람들이 눈앞을 지나갔다. 다나베 성의 아랫마을로 번영한 니시마이즈루와 전후에는 군항으로서 본국 귀환자를 맞이하는 항구로 발전한 히가시마이즈루는 정말 전혀 다른 마을이었다.

동네 자랑에 신이 난 운전사 덕분에 아까 둘러본 히라노야 스트리트가 이국적인 연유도 알았다. 그 파꽃은 러시아 왕정의 교회 탑을 모방한 것이라고 한다. 마이즈루에는 러시아 도항자가 많다. 얼마 전까지만 해도 항구에서 중고차나 중고 자전거를 산더미처럼 쌓아 올리고 돌아가는 러시아나 북한 배를 많이 볼 수 있었다고 한다. 마이즈루 야치요는 그런 국경 마을을 지키는 단 하나의 영화관이었다.

문을 열자, 커피 향이 났다. 지배인인 노무라 씨는 때때로 단골에게 취미로 내리는 커피를 대접한다고 했다. 해군 출신인 조부가 전쟁 전에 시작한 이 영화관을 물려받아 3대째 운영 중이다. 동네 사람들에게는 야치요 회관이라고 불리는 친숙한 극장이지만, 1981년에 현재 빌딩이 되었고, 헤이세이 시대°에 들어 스크린을 세 개 증설한 후로 각각을 부르기 쉽게 야치요 1, 야치요 2, 야치요 3이라고 이름 지었다고 한다. 인구가 십만 명에 미치지 못하는 시에 멀티플렉스는 들어오지 않는다. 주변 백 킬로미터 내에 영화관이 없어서 교토부뿐만 아니라 후쿠이나 효고에서도 관객이 찾아온다. 야치요 1, 2, 3이 지금은 이 지역 영화관의 마지막 보루다.

과연, 야치요는 해군 마을에 어울리는 이름이었다. 그 이름에 이끌려 나도 좋은 여행을 했다. 짧은 시간 동안 니시와 히가시, 서쪽과 동쪽, 두 가지 색의 마이즈루를 맛보았다. '영원'이라는 이름에 얽힌 겨우 2시간 만의 여행. 히가시마이즈루 역으로 이어지는 상점가를 이번만큼은 한눈팔지 않고 전속력으로 달렸다. 때마침 온 마지막 특급에 올라타 나는 그날 안에 무사히 도쿄로 돌아왔다.

○ 1989년 1월 8일부터 지금까지, 현재 일왕인 헤이세이 천왕의 통치 시기.

카바레의 밤

"교바시는 좋은 곳이라네, 그랑샤트가 기다리네."[○]

교바시는 교바시지만 필름 센터나 영화미학교가 있는 도쿄의 교바시가 아니라 오사카 성 북동쪽의 교바시다. 북쪽과 남쪽을 잇는 동쪽의 번화가. 무대 공연으로 2주 정도 근처 극장에 서게 되어 낮과 밤에 이 마을을 이용했다. 터미널 역치고는 패션 빌딩이 드물고, 오히려 복잡한 골목에 유흥업소나 선술집이 지면에 달라붙어 장사하고 있다. 아담하니 적당한 번화가다.

○ 교바시 그랑샤트 빌딩의 CF송.

한편 극장과 호텔은 번화가에서 네야강을 사이에 두고 OBP 지구에 있다. 이곳은 동양 최고의 병기 공장이라고 불린 오사카 포병 공창의 흔적을 재개발한 광대한 비즈니스 지대로, 초고층 오피스 빌딩이 서 있다. 극장은 원래 극단 시키의 뮤지컬을 상영하던 가설 건물이다. 극장 주변에서 식사를 하려고 해도 호텔 시설이나 오피스 빌딩에 입점한 패스트푸드와 편의점뿐이다. 강 하나만 건넜는데 마을 시간이 30년이나 격차가 났다.

그랑샤르는 교바시 역 앞의 변함없는 랜드마크였다. 유럽 성을 본뜬 분홍색 원뿔꼴 지붕, 샛노란 외관. 각 층에 파친코 가게, 게임 센터, 사우나, 노래방, 중국집, 그리고 그랑샤르 카바레까지 갖춘, 40년 된 레저 빌딩이다. 간사이에 살아본 사람이라면 서두의 CF송을 몸으로 기억한다고 한다. 시험 삼아 몇 사람 앞에서 저 구절을 불러보았더니 모두 망설이지 않고 다음 구절로 받아쳤다.

거리에서도 끝없이 들리는 이 노래를 듣다 보니 왠지 그리워져서 유일한 휴일에 나는 이 빌딩의 카바레에 가보기로 했다. 무대에 서는 생동감 넘치는 일을 하다 보면 이상하게 좀 더 생생한 에너지를 보충하고 싶어지는 것 같다. 조립식 건

물 같은 대기실에서 오피스 빌딩과 오사카 성의 녹음만 바라
보고 있자니 도무지 힘이 생기지 않았다.

그랑샤트 3층에 있는 나이트클럽 코란은 무지개 조명이
요사스럽게 빛나는 전용 에스컬레이터를 타고 올라가야 했
다. 가늘고 길쭉한 플로어를 보니 유서 깊은 그랜드 카바레
였다. 무대에 전속 밴드의 상자형 보면대가 있고, 댄스플로
어를 칸막이 좌석이 둘러싸고 있다. 초롱과 조화 데코레이
션, 진한 연지색 카펫에 소파. 20년 전에도 이미 시대착오적
으로 보였을 광경이 지금도 변함없이 그곳에 있었다.

카바레가 이번이 처음은 아니다. 긴자 문화에서 일하던 당
시, 밤일도 하던 검표원 동료를 방문하러 몇 번인가 나미키
거리 근처의 가게를 견학한 적이 있다. 거기에서 색소폰을
연주하는 친구를 알게 되어 그들이 카바레나 댄스홀에 세션,
밴드 도우미로 들어갈 때, 매니저인 척 속여서 동행한 적도
있다. 그러나 안타깝게도 늘 대기실 뒤에서 훔쳐보았다.

어려서 본 옛날 영화의 영향으로 자연스럽게 그런 장소를
동경했다. 남자와 여자가 술을 마시고 춤추는, 왠지 위험한
향기가 나는 어른의 놀이터에. 닛카쓰의 액션 영화라면 몰라

도, 옛날 영화에는 꼭 이런 술집이 등장했다. 어른이 되면 반드시 저런 가게에서 시간을 보내는 멋진 여자가 되어야지! 그렇게 생각했는데, 어른이 되어 보니 그런 곳이 이제 어디에도 없었다.

배신당한 기분으로 잔상을 쫓았다. 물론 흥미가 있는 것은 서비스보다 그것을 담는 용기였다. 카바레라고 주장하려면 댄스플로어가 있고 밴드나 가수가 있고, 쇼를 올리는 스테이지가 필요하다. 어떻게 보면 극장이다. 번화가의 번잡함 한가운데에 있는 극장.

예전에는 완곡히 거부당했지만, 요즘은 돈만 내면 여성도 들어갈 수 있다. 남녀 다섯 명인 우리에게 같은 수의 호스티스가 붙었다. 리더 격인 미유키 씨 이외에는 비교적 경력이 짧은 젊은 축으로 보였다. 지치코라는 별명의 아키 씨가 가슴을 흔들며 분위기를 띄웠다. 댄스플로어에서는 매일 온다는 여든 살 신사가 호스티스와 함께 멋지게 지르박을 추고 있었다. 주초인 오늘은 안타깝게도 쇼는 없었고, 손님이 이따금 스테이지에 서서 노래를 불렀다.

이야기를 나누다가 내가 1963년에 태어났다고 하자, 그녀들은 차례차례 "어머, 나는 1961년!", "1958년!" 하고 말했다.

젊은 축이라고 해도 모두 나와 같은 세대이거나 연상이다. 동행한 남자들은 나이 많은 호스티스들을 영 마뜩잖아하는 표정이었지만 나는 기분이 편했다. 후방 좌석에서 차례를 기다리는 호스티스 중에도 나보다 연하는 적어 보였다. 이 가게에서는 칠십대의 히바리 씨를 필두로 상시 백 명 이상의 두터운 호스티스층이 대기하고 있다고 한다.

영화에서 본 동경의 장소는 꿈꾸던 것과는 분위기가 참 달랐지만, 이건 이것대로 기분 좋은 어른의 놀이터가 아닐까. 위험한 향기는 전혀 나지 않지만. 이런 곳에서 편안함을 느끼는 내가 참 재미있다.

"저한테는 그게
검표원이에요."

〈가마타 행진곡〉으로 유명한 가마타는 내가 사는 오모리 옆이다. 전철로 한 정거장. 버스라면 조금 멀리 돌아가서 20 분. 태어난 이 마을에서 나간 적이 없으므로 가마타는 내게 태어났을 때부터 옆 동네다.

최근 들어 그 옆 동네에 소중한 단골이 생겼다. 익숙한 가 게라면 산더미처럼 있고 익숙한 영화관도 곳곳에 있다. 종종 찾아간다는 점에서는 이곳보다 자주 가는 영화관이 달리 얼 마든지 있지만, 그래도 단골은 조금 별개다. 서쪽 출구로 나 와 선라이즈 가마타 아케이드의 막다른 곳, 도쿄 가마타 문 화회관 4층. 그곳이 현재 내 단골 영화관이다.

가마타 다카라즈카는 도호의 일본 영화를 상영한다. 테아토르 가마타는 도에이 영화를 중심으로 하고. 반원으로 나온 모자이크 무늬 매표소에는 창구가 두 개, 각각 따로 티켓을 판다. 오른쪽과 왼쪽으로 나뉘어 빨간 시트는 테아토르 가마타, 파란 시트는 가마타 다카라즈카. 둘 다 2층석까지 갖춘 고급 극장이다. 1964년에 지어졌으니 나와 한 살 차이 나는 동년배다.

계기는 티켓이었다. 작년 봄에 이 영화관을 방문했다가 그리운 그 티켓과 재회했다. 요즘 흔한, 자동판매기에서 나오는 라면 식권 같은 작고 딱딱한 그것이 아니라, 20년 이상 전에 긴자 문화에서도 사용한 얇고 팔랑팔랑한, 일본영화제작자연맹에서 발행하는 표권. 점선이 인쇄되었으면서 구멍이 뚫리지 않은 것도 있어 영 뜯기 어렵다. 뜯기 어려운 그것을 능숙하게 뜯는 것이 프로의 기술이다. 점선을 따라 한순간에 드드득. 내 장기였다.

"와아, 이 티켓, 뜯고 싶어!"

동행한 친구에게 이렇게 호들갑을 떨자 다카바에서 아하하 웃는 소리가 들리더니 "그렇다면 언제든 오세요"라고 말하며 다리에 손주를 매단 앞치마 차림의 검표원 선배가 미소로 환영해주었다. 그 옆에는 딸이지 않을까 싶은 젊고 귀여운 검표원 처자가, 또 매표소 안에는 양복을 입은 정정한 노인이 있었다. 아이 아빠에 해당하는 사람은 보이지 않았는데, 구성원으로 미루어 가족이 경영하는 영화관이지 않을까 짐작했다. 도쿄에서는 보기 드문 일이다. 그 뒤로도 여러 번 방문하다가 처음으로 검표원으로 일한 것은 올해 정월이었다.

신기한 새해의 시작이었다. 정월 10시에 출근해 10시 반에 미팅. 선배들의 흉내를 낸 앞치마를 하고 다카바에 섰다. 근질거리는 오른손을 접었다 폈다. 20년이 훌쩍 지나 맞이하는 손님이다. 얼굴을 보자 조건반사로 "어서 오세요! 입장권을 뜯겠습니다!"라는 정해진 문구가 불쑥 나왔다. 물론 이것은 긴자 문화 방식이었다.

상영작은 〈나는 조개가 되고 싶다〉와 〈게게게의 기타로: 일본 폭렬!!〉. 정월 아침용으로 어울리지 않기 때문일까, 두 관 모두 티켓을 열 장도 채 뜯지 못한 채로 문이 닫혔다.

상영이 시작되자, 로비에서는 신년을 축하하며 갑자기 술자리가 벌어졌다. 맥주에 일본 술, 직접 만든 오세치 요리.° 영사실 직원부터 전기실 직원까지 이날만큼은 모두 얼굴이

벌겋다. 어쩌다 보니 나도 동료가 되었다. 가족 경영인 줄 알았는데 다 모이고 보니 가족 사이는 아니었다. 나이도 출신도 제각각인, 피가 전혀 섞이지 않은 사람들이었다.

검표원 포함 매표소에 네 명. 처음에 만났던 젊은 여인 도모 씨와 손주를 데리고 있던 하가 씨는 이곳 가마타 출신이라는 인연이고, 영화관 한길만 걸은 지 40년이라는 이노우에 씨와 이토 씨는 둘 다 도에이 극장을 무사히 정년퇴직한 인연이었다. 가메이의 지배인과 요시무라 과장도 도에이 각 관의 지배인으로 일하다가 가마타로 왔다. 지배인은 올해로 연세가 일흔아홉 살이었다. 현역 최고령인 극장 지배인이 아닐까. 사장의 "건강하다면 정년은 없어!"라는 말로 모두 나이 제한 없이 일하고 있다.

낮에 사장도 와서 세뱃돈을 주었다. 내 몫까지 초밥을 시켜주셨다. 사장의 부친은 상점가의 큰 가게 경영자였다. 이 극장의 운명도 그 선대의 마지막 말에 달렸다. "가마타 영화의 빛을 끄지 마라." 그 옛날, 서쪽 출구에도, 그리고 물론 쇼치쿠 키네마 촬영소가 있던 동쪽 출구에도, 아사쿠사 6구 뒤

○ 일본에서 정월에 먹는 명절 음식. 국물이 없고 오래 보존할 수 있는 음식이 주된 요리다.

를 잇는 대흥행 거리가 있었다는 키네마 천지의 기상이다.

그날 나는 검표부터 시작해서 팸플릿 판매, 매점 스낵 판매, 매장 청소 등 어지간한 일은 다 했고 오전반이 퇴근한 뒤에는 매표소에서 티켓까지 팔았다. 요즘은 자주 다니며 티켓을 뜯고 차를 마시고 수다를 떤다.

애니메이션 영화가 많아서 아이들이 자주 오는데 그럴 때가 제일 즐겁다. 다음 회차를 기다리는 로비는 흥분으로 가득하다. 상영을 기다리느라 목이 빠진 아이들이 "빨리 보고 싶어!"라며 울먹인다. 울음을 터뜨릴 정도로 막이 열리기를 기다리는 마음. 그런 마음을 떠올리고 같이 울먹일 정도로 감동하고 말았다. 배우로서 등이 갑자기 쭉 펴진다. 영화란 이렇게 사람들에게 보이는 것이다.

지금은 〈츠루기다케 점의 기록〉과 〈포켓몬스터〉 최신작을 상영 중이다. 가끔 나를 알아본 손님이 "왜 이런 일을 하세요?"라고 묻는다. 지극히 당연한 질문이다. 다음과 같이 대답하려고 하는데 좀처럼 의도가 잘 전해지지 않는다.

"손님한테도 단골 바가 있죠? 일을 마치고 훌쩍 옆 마을에 내려서 좋아하는 곳에서 잠깐 쉬는 거예요. 좋아하는 술이 있고, 대화할 상대가 있고요. 다트를 할지도 모르죠. 노래방 기기가 있으면 노래를 할지도 모르고요. 저한테는 그게 검표원이에요."

"누가 뭐라고 해도
샤룩 칸이니까!"

올해 여름에도 또 여권을 꺼내지 못했다. 어린 시절, 여름이면 '여름방학!'이라는 꿈과 모험의 기억에 젖었던 터라 이계절이 되면 더더욱 놀러 나가고 싶다. 제대로 휴가를 받아 멀리 나가고 싶어서 미칠 지경이 된다.

여권을 사용하려면 최소한 연달아 사흘의 휴가가 필요하다. 그러나 이번 여름의 스케줄을 보면 이틀 연속 휴가도 제대로 얻지 못했다. 게다가 일과 관련해 읽어야 하는 자료나 책이 눈앞에 30센티미터쯤 쌓여 있다. 정작 여름방학은 없는데 숙제만 잔뜩 받은 상태다. 이 무섭도록 손해 보는 상황을 어떻게든 뒤바꿀 수 없을까. 나는 코 밑에 흐르는 땀을 훑으며 생각했다. 그러다가 훌륭한 계획이 떠올랐다. 책을 들고 마을로 나가자!

시나가와에서 게이힌 급행을 타고 미우라 반도로. 적당한 역에서 내려 적당한 버스를 타고, 바다 옆길을 한 시간쯤 걷고 한 시간쯤 책을 읽는다. 바람이 잘 통하는 해수욕장 휴게소나 드라이브 인, 테라스가 있는 카페에서. 파도가 치는 바위 밭에서는 활자에 너무 집중한 바람에 등부터 큰 파도를 듬뿍 뒤집어썼다. 상쾌한 당일치기 독서 여행이었다.

어떤 날은 하네다 공항으로 갔다. 제2터미널의 전망 데크는 테이블과 벤치가 많고 몇 시간이든 무료로 머물 수 있다. 살펴보니, 그늘이 드리운 자리에는 나와 같은 목적으로 온 사람 몇 명이 짐도 없이 문고본만 손에 들고 각자 책 세상으로 여행 중이었다. 공항은 마음도 날아가는 장소인가 보다. 이곳에 오기만 해도 기분이 어딘가로 이륙한다. 나 역시 두꺼운 소설에 홀딱 빠져서 정신을 차리고 보니 날이 저물고 있었다. 집에서 버스로 30분 걸리는 곳인데 제법 멀리 다녀온 기분이었다.

숙제가 더할 나위 없는 레저로 변해 하루씩인 여름방학도 점점 물이 올랐을 무렵, 다른 방향에서 여행 권유가 왔다.

"하이리 씨, 니시카사이에 인도 사람들이 많이 사는 곳이 있다고 해요."

그날 우리는 일을 마치고 오모테산도의 조용한 카페에서 시간을 보내는 중이었다. 전에도 역시 그녀의, "군마의 오이즈미라는 곳에 브라질 사람들이 많이 사는 마을이 있다고 해요"라는 말을 듣고 당일치기로 북간도 브라질 여행을 한 적이 있다. 우리는 급히 지하철을 타고 도쿄의 동단, 에도가와 구의 인도로 향했다.

니시카사이 세이신초 단지에는 인도 IT 기술자들이 많이 살고 있다. 그들 대부분은 인도의 실리콘밸리, 벵갈루루를 중심으로 한 남인도에서 온 사람들인 것 같았다. 뉴욕이나 싱가포르의 인도인 마을 같은 거리 풍경에는 당연히 미치지 못하지만, 잘 찾으면 인도 요리나 식료품 가게가 보인다. 우리가 우연히 들어간 곳은 에도가와 인도인회 회장의 가게였다. 그리고 그곳 계산대에서 '인도 영화 2대작! 특별 심야 쇼!'의 할인권을 발견했다.

과연 인도인이 모이는 곳에는 인도 영화관이 있는 건가? 달려가서 보니 극장 이름은 후나보리 시네펄. 극장 이름도, 지명도 처음 들었다. 에도가와 구의 어딘가인 모양이다. 평소에는 도호에서 배급하는 작품을 상영하는데, 8월 한 달은 두 관 중 한 관에서 밤 회차로 인도 영화를 상영한다고 한다. 독특한 프로그램 구성이다.

어떤 영화가 재미있을까? 점장인 마누 씨에게 묻자 한쪽을 가리키면서 "샤룩 칸이지! 누가 뭐라고 해도 샤룩 칸이니까!"라고, 들어본 적도 없는 이름을 두 번이나 말했다. 예상대로 우리는 다음 주, 극장도 영화 제목도 주연 배우의 이름도 죄다 처음 듣는 심야 쇼에 가게 되었다.

역 앞에 느닷없이 솟구친 후나보리 타워. 그 지하에 영화관이 있다고 한다. 크고 작은 홀에 결혼식장과 회의실, 타워 꼭대기에 전망대까지 갖춘 거대한 공간은 놀랍게도 구의 시설이었다. 공설 민영 영화관은 지방에서라면 들어본 적이 있지만, 도쿄 23구 내에 구립 영화관이 있다니 역시 처음 듣는 소리였다. 에도가와 구, 참으로 신비롭다.

공립인 티가 나는 필로티를 지나 에스컬레이터로 내려가자, 갑자기 소규모 복합 영화관이 나타났다. 매점도 충실해서, 상영작에 맞춰 레토르트 인도 카레 따위도 팔고 있었다. 흔히 보지 못하는 남인도의 콩이나 드라이후르츠 카레를 사들이고, 사는 김에 따뜻한 사모사와 마살라 차이도 입수한 우리는 2시간 48분짜리 인도 영화로 돌진했다.

샤룩 칸이 한 배우의 이름인 줄도 몰라 누가 '샤'이고 누가 '룩'일지 궁금해하면서 보기 시작했는데, 나는 차츰차츰 현란한 춤에 빠져들어 혼자 고개를 덜커덕덜커덕 돌리느라 바빴고, 끝날 때쯤에는 지금 에도가와 구에 있다는 사실조차 잊었다.

아아, 최고의 인도 여행! 오랜만에 느낀 영화관 여행에 환하게 웃으며 달아오른 얼굴로 로비에 섰는데, 어느새 우리 주변을 흥분에 찬 무리가 원을 그렸다. 인도인 부부와 인도 무용을 연구하는 여성들, 그리고 이 기획을 제안한 인도인회 회장 일가도 참여해 한동안 행복한 인도 영화 담론이 이루어졌다.

"오늘 본 〈돈〉은 3년 전 영화인데 이제 곧 신작이 나옵니다!"

회장의 기운 넘치는 선언에 원을 이룬 사람들은 더욱더 달아올랐고, 나는 인도 무용을 하는 여성들에게 인도 영화 입문이라는 '킹 오브 발리우드' 샤룩 칸의 DVD를 받아 기뻐 어쩔 줄 모르며 우리 집이 있는 오타 구로 돌아왔다. 지하철을 타고. 여권도 쓰지 않고.

보내는 사람과
맞이하는 사람

1년 전 초여름, 그곳은 모내기를 막 끝낸 무논이 저 멀리까지 은색으로 반짝였다. 이번 가을에 다시 방문한 쇼나이 평야는 오늘내일이면 수확이 시작될 벼 이삭이 빛을 받아 온통 금색의 세계였다.

히라타 도시코 씨의 시를 시인 본인과 함께 읊는다. 사카타에서 열린 하룻밤의 시 낭독회. 올해는 계절을 바꿔 가을에 초대를 받았다. 야마가타는 이모니°의 본고장이다. 일본에서 가장 달콤한 가리야 배는 딱 제철이었다. 먹거리가 풍

ㅇ 토란, 곤약, 우엉, 소고기 등을 넣어 끓인 요리. 도호쿠 지방의 대표적인 요리.

요롭게 익는 계절에 떠나는 여행은 즐겁다. 나는 고속열차 츠바사를 타고 바쁘게 길을 떠났다.

저번에는 낭독 연습 틈틈이 한때 사카타에 있던 전설의 영화관 그린하우스의 여운을 돌아보며 걸었다. 사카타 대화재의 발화 지점인 영화관 터에는 형태가 하나도 남아 있지 않았기에 조금이나마 관련이 있는 것을 보려고 그린하우스의 자매관이었던 미나토자를 방문했다.

2002년에 폐관해 그대로 남은 이 극장은 아무리 봐도 대·중·소 세 개나 되는 상영관이 들어가기에는 무리인 듯한, 쇠퇴한 잡거빌딩 안에 숨어 있었다. 적갈색 계단에는 체인이 걸려 있었고, 내가 갔을 때는 극장의 기척도 사람의 기척도 전혀 나지 않았다. 무심코 손을 모으고 싶어지는 적막이었다.

내부 관람을 포기하고 미나토자 근처의, 에도 시대부터 있어왔던 요정 거리와 돌이 깔린 동네를 걸었다. 히요리산 오르막길을 오르다가 갓포 오바타라는 불그스름하게 퇴색한 전쟁 전의 서양식 저택을 발견하고 폐허를 좋아하는 나는 또 흥분했다. 물론 이곳도 밀어도 당겨도 문이 열리지 않아 거미줄을 치우고 거뭇거뭇한 유리창에 입김을 불어 안을 엿보기만 하고 돌아왔다. "미나토자도 오바타도 안을 견학하게 해주면 좋을 텐데." 이렇게 투정을 부리면서. 그런데 그로부터 겨우 몇 개월 후. 내 투정은 신기하게도 금방 이루어졌다.

　그해 9월에 개봉한 영화 〈굿' 바이〉°에 공교롭게도 이 두 곳이 인상적인 역할로 등장했다. 갓포 오바타는 야마사키 츠로무 씨가 운영하는 납관 회사의 사무소와 사장실로. 미나토자는 모토키 마사히로 씨가 기저귀 차림으로 납관 절차를 안내하는 DVD를 촬영하게 되는 극장으로.

　갓포 오바타 내부를 훔쳐본 적이 있으니까 영화에 등장한 오바타 실내가 세트인 줄은 알아차렸다. 그러나 미나토자 내부는 그 외관과 내부가 도저히 연결되지 않았다. 영화 속의 영화관에는 장례식장 세트를 꾸밀 정도로 넓은 무대가 있었다. 그 건물 어디에 그런 멋진 극장이 숨어 있을까? 그 지역에서 영화가 상영될 때, 미나토자 장면이 나오자 "그립구먼!"이라는 속삭임이 오갔다고 한다. 분명히 그 장면은 미나토자 내부에서 촬영된 것이다. 어쨌든 나는 도쿄의 복합 영화관에 있으면서 폐관한 먼 마을 영화관의 궁금하던 내부를

○　한국에서 〈굿' 바이〉로 개봉한 이 영화의 일본어 제목은 〈오쿠리비토〉이다. '오쿠리비토'란 보내는 사람이라는 뜻.

견학할 수 있었다. 사카타 여행의 좋은 마무리가 되었다고 생각했다.

　그로부터 1년 후. 나는 두 번째 사카타 여행에 나섰다. 초카이산 산기슭의 연습실로 가는 길에 서서 이 독립적인 봉우리가 호쾌하게 펼쳐지는 시야와 황금색의 아름다운 논 풍경에 흠뻑 빠져 있는데, 문득 이상한 광경이 눈에 들어왔다. 경치가 유난히 아름다운 강둑에 무슨 연유에선지 앤티크 의자가 딱 하나, 오도카니 놓여 있었다. 커플 한 쌍이 교대로 앉아 사진을 찍고 있었다. 지역 주민의 해설에 따르면, 〈굿' 바이〉에서 모토키 씨가 초카이산을 배경으로 첼로를 연주한 장소라고 한다. 안내판 하나 없는데 갈 때도 올 때도 누군가가 의자에 앉아 있었다.

　〈굿' 바이〉와 오스카 외국어영화상은 이 마을에 예상하지 못한 선물을 가져다주었나 보다. 시내로 돌아가자, 점잖았던 사카타 거리가 〈굿' 바이〉 일색으로 물들었다. 거리에는 분홍색 영화 제목의 로고가 춤추고, 첼로 소리가 들리고, 촬영지를 둘러보는 사람이 끝없이 찾아와서 이곳 사람들은 '오쿠리비토', 즉 '보내는 사람'이 아니라 '맞이하는 사람'이 되었다.

　내가 숙박한 호텔에서는 미국 아카데미상 수상 발표 직후, 이 영화의 티켓 반권을 가진 손님을 하룻밤 무료로 묵게 했다고 한다. 엄청난 반향이 일어 순식간에 예약이 꽉 찼다. 일 등으로 온 손님은 홋카이도에서 왔다고 한다. 전직 검표원의 감상을 말하자면, 반권을 간직해주는 영화는 행복한 영화다. 일본 전역의 극장에서 나온 반권이 이곳에 모인다고 생각하자 기분이 좋아졌다.

그건 그렇고 겨우 1년 만에 이렇게나 변했다. 무명 시절의 지인이 갑자기 스타가 된 수준의 충격이다. 작년에는 사람은 물론이고 차도 지나지 않았던 갓포 오바타 앞에 주차장이 생기고 관광버스가 정차했다. 언덕 위의 이 묘한 폐허는 촬영지 투어의 가장 인기 스팟이 되어 올해 4월부터 마침내 일반 공개된 것이다.

열리지 않던 문이 열리고, 영화 설정대로 한때 댄스홀이었던 1층에 납관 회사, 3층에 사장실이 영화와 똑같이 재현되었다. 거미줄 천지였던 옛 갓포 요정에 닛카쓰 촬영소에서 쓰였을 세트가 장식되고, 사장실 테이블 위에는 복어 정자 주머니 모형이 놓여 있다. 9월 연휴까지 9만 명이나 되는 관광객이 이 옛 폐허로 밀려들었다고 한다.

미나토자는 어떻게 됐을까. 주저하면서 방문해보기로 했다. 촬영 장소임을 알려주는 간판 너머로, 이번에는 당연하게도 인기척이 났다. 안을 들여다보고 있으려니 "어라, 라이벌이 왔어!"라는 여자의 목소리가 들렸다.

사카타 사람들의 추억인 영화관은 내일부터 시작하는 네 번째 '미나토자 부활 축제'를 위해 청소를 하느라 분주했다. 낭독회와 같은 날이었다. 상영되는 영화는 이틀 동안 다섯 작품. 내 라이벌은 〈사브리나〉의 헵번이었다. 이럴 수가, 관이 비치되었던 영화관이 완전히 되살아났다. 한 편의 영화를 계기로 열리지 않은 문이 하나하나 열린다. 나는 1년 전에는 폐허였던 그 극장으로 천천히 발을 들였다.

사치스러운 어둠

관객 입장을 알리는 BGM이 서서히 잦아들고 뒤쫓듯이 조명이 사라진다. 암전. 극장이 암흑이 된 그때, 객석에서 비명이 들렸다.

일인극을 하며 전국을 다닐 때, 이바라키현의 어느 여학교에 초대를 받은 적이 있다. 첫 암전에서 그 소동이 벌어졌다. 관객인 중학생들이 마치 귀신의 집에라도 온 것처럼 꺅꺅 소란을 피우기 시작했다. 극장을 처음으로 경험하는 아이들에게 갑작스러운 암전이 자극적이었나 보다. 나는 이례적인 새된 반응에 낭패하고 조금 동요했다.

연극이나 영화가 시작되기 전의 암흑만큼 오싹오싹한 것

도 없다. 지금부터 눈앞에서 어떤 일이 생긴다. 우리를 어디로 휩쓸어 갈까. 기대와 불안과 약간의 공포. 그런 기분을 나는 오랫동안 잊고 있었다.

요즘 들어 가슴 설레는 암흑과 만난 적이 없다. 애초에 암흑 자체가 희소한 것이 되었다. 한밤중에 눈을 떠도 우리 집에서는 불을 아예 켜지 않고도 화장실에 다녀올 수 있다. 방 어디를 가도 수많은 전기 제품에 내장된 시간 표시 문자판이나 스위치 위치를 알려주는 LED가 반짝여서, 그 정도로도 꽤 밝다.

수년 전, 사자자리 유성군의 유성우를 보러 갔을 때도 새까만 어둠을 찾아 나가노 산속을 우왕좌왕했으나, 전기 불빛이 닿지 않는 장소를 찾기 어려웠다. 먼 산에 켜진 외등 하나가 눈에 보이는 별의 수를 3분의 1이나 줄였다. 이 세상에는 밝을수록 보이지 않는 것이 있다.

7년이라는 길고 긴 잠에서 막 깨어난 사카타 미나토자의 새까만 로비에서 나는 그런 생각을 했다. 밖에서 보기에는 폐허 같은 좁은 입구, 하지만 안쪽은 예상을 뛰어넘는 여유로운 공간을 품고 있었다. 내일부터 있을 부활 상영회 준비로 한창 바쁠 때, 바깥일을 보고 돌아온 지배인 세키 씨가 황급히 불을 켜주었다.

반짝, 백열등이 들어오고 진한 모스 그린 벽이 떠오르자, 무슨 조화인지 어둠이 더욱 진해진 것 같았다. 프랑스 왕가처럼 백합 모양 못으로 장식된 고풍스러운 하얀 문 너머는 80석 정도의 중극장. 1955년에 세워진 극장에는 촛불 형태의 조명이 최소한으로 있을 뿐이어서 더욱더 졸음을 유발하는 어둠이 펼쳐졌다. "어린아이가 왔다가는 틀림없이 울어버릴 겁니다." 세키 씨가 농담하며 웃었다. 하긴, 이 정도는 어른도 망설일 어둠이다. 로비를 끼고 가장 안쪽으로 들어가 있는 소극장은 30석으로 좁은 만큼 비교적 밝았다. 그래도 성인 영화가 자주 걸렸다는 소극장에서는 유독 요사스러운 어둠이 느껴졌다.

이 얼마나 사치스러운 어둠인가. 조금 겁이 날 만큼 무서운 어둠 속에서 침을 삼키며 스크린을 바라본다면, 아무리 시시한 영화라도 그 세계로 빨려들 것이다. 우선 극장 자체가 별세계다. 상영이 없는 날은 비상등도 켜지 않는다. 형광등의 네모반듯한 그 불이 없는 덕분에 암갈색의 분위기 짙은 어둠이 만들어진다.

〈굿' 바이〉 촬영에 사용된 180석 대극장에는 영화에 나오는 커다란 무대가 있었다. 촬영지 투어로 오는 사람들을 위해 그 무대에는 조명이 비치고 있었다. 적갈색 의자 아래에는 안전등 대신에 죽통 크기의 구리관을 둘러쳤다. 여름에는 차가운 물이, 겨울에는 따뜻한 물이 그 관을 흐른다. 1954년 당시의 냉난방 시스템이다. 이 의자와 구리관과 깊은 맛이 나는 모스 그린색 벽은 미나토자 자매관이었던 그린하우스를 모방한 것이라고 한다.

사카타에는 세계 최고의 영화관이 있다며 그 이름을 널리 알린 그린하우스는 정말 튀고 독창적인 영화관이었다. 세상에 아직 냉방이 보급되지 않은 1950년대에 우물물을 사용한 구리관 설비를 갖추고, 1960년대에는 극장 내 개별실이나 '시네 살롱'이라고 불린 소극장까지 갖췄다. 이른바 복합 영화관의 시초다. 본체는 흔적 없이 연기가 되었지만, 그 유지만큼은 미나토자에 이렇게 남아 있다.

미나토자는 미나토자대로, 기원을 따지면 도호쿠 제일의 극장이라고 찬사를 받으며 1887년에 개관한 연극 극장이다. 사카타시에 전기가 들어온 것이 1908년, 그 2년 후에 일찌감치 활동사진 상영을 시작했다. 그리고 1954년에 현재 건물로 신축했다. 그 후에도 극장 건물에 술집이 하나둘 추가되었다. 덕분에 밖에서 보면 밤거리의 잡거빌딩, 안으로 들어가면 사치스러운 어둠이 펼쳐지는 미궁 극장이 완성된 것이다. 그리고 2002년, 근교에 생긴 21세기 복합 영화관에 자리를 양보하고 미나토자는 115년 역사의 막을 조용히 내렸다.

시작을 알리는 벨 대신에 〈문라이트 세레나데〉를 내보내고 페이드아웃하는 곡 템포에 맞춰 후방부터 조명을 끈다. 영화가 시작하기 전에 그런 연출을 했다는 그린하우스에는 분명 미나토자에 뒤지지 않을 풍부한 어둠이 있었겠지. 올봄, 〈굿' 바이〉가 아카데미상을 받았고 영화에 실명으로 등장한 미나토자는 화려하게 주목을 받았다. 수명을 다했을 영화관은 기적적으로 생환해 현재 많은 날에는 백 명이나 되는 관광객이 찾아오고 한 달에 한 번 상영회도 연다. 그나저나무슨 마법일까. 부활한 날을 맞아 새롭게 신청한 전화번호는 1976년에 전소된 그린하우스와 완전히 똑같은 번호였다.

융통성 넘치는
복합 영화관

1년 내내 다트 여행을 하는 것 같다. 배우란 그런 직업이라는 생각을 항상 한다. 새로운 촬영지가 결정되면 우리 집 팩스를 득득득득 울리며 생소한 마을 지도가 들어온다. 대부분 관광지도 아니고 이름이 알려진 동네도 아니다. 이런 직업이 아니었다면 아마 평생 존재도 모르고 살았을 곳이다. 지도를 받은 배우는 군말 없이 정해진 일시에 그곳에 반드시 가야 한다. 그것이 옆 동네든 남극이든.

이번에 다트 화살이 박힌 곳은 이바라키의 반도시. 물론 듣는 것도 가는 것도 처음인 곳이다. 그 시 중심부 이와이라는 곳의 망한 볼링장이 이번 촬영장이었다. 그런데 보내온

지도를 아무리 봐도 가까운 역이 보이지 않았다. 역은커녕 시내에 선로 자체가 지나지 않았다. 철도의 촘촘한 망에서 빠끔 구멍처럼 빠진 장소. 나는 그곳에서 3주일을 보내게 되었다.

　아직 어둑어둑한 새벽에 집을 나와 조반 고속도로 하행선을 달렸다. 잎맥 같은 도네강 지류를 몇 개나 건너 기누강을 지날 즈음에 아름다운 아침놀이 졌다. 안개 낀 해는 유독 아름답다. 북쪽 저편에 쓰쿠바산 하나만 덩그러니 보이고 전부 밋밋한 대평야다. 평평한 시골 경관이 이 지역에는 아무것도 없다고 양팔 벌려 외치고 있는 것처럼 보였다.

　폐볼링장이라고 해서 아무것도 없는 황야에 스산하게 서 있는 폐허를 상상했는데, 도착해보니 예상외로 민가가 드문드문 있는 주택가였다. 단독주택에 섞여 라면 가게나 스낵, 노래방 등이 영업을 하고 있었다. 물론 한때 볼링장이었던 곳도 있었다. 서부극의 숙박소처럼 생활의 냄새가 연하게 모인 구역이었다.

　도로를 끼고 대각선 너머에 지방 슈퍼치고는 큰 소규모 점포가 있었다. 이런 고풍스러운 슈퍼라면 이 지역에서만 파는 식재료가 있을지도 모른다. 시간이 빌 때 꼭 들러야 할 보물

창고다. 곧 둘러보러 갔는데, 납작한 건물 입구에 영화 포스터가 여섯 장이나 붙어 있었다. 보아하니 이 낡은 슈퍼 안에 영화관이 있나 보다. 그것도 한 개관이 아니라 스크린이 여섯 개나! 예상치 못한 곳에서 예상치 못한 모습으로 예상치 못한 복합 영화관이 나타났다.

시네마 선샤인 이와이는 내 예상을 완벽하게 배신한 복합 영화관이었다. 글쎄, 슈퍼 마루에쓰의 2층에 있었다. 지방의 복합 영화관은 중심 도로 연안, 걸어서는 용무를 다 보지 못할 만큼 어마어마하게 큰 쇼핑센터 안에 있을 줄 알았다. 그런데 이 슈퍼 앞은 차선도 없는 좁은 도로였다. 이런 종류의 상업시설이 보통 거대 공장 부지를 필요로 하는 사이즈라면 이 부지는 초등학교 운동장 정도랄까?

게다가 이 복합 영화관을 둘러싼 환경이 대단했다. 주차장 주변에 처마를 나란히 한 가게들은 모퉁이 반찬가게 외에는 전부 외국 국적이었다. 태국 전통 마사지 가게와 태국 식당이 각각 두 곳씩, 그밖에 태국 식료품 가게, 인도 식당, 국적 불명의 스낵. 어디를 보아도 판잣집처럼 엉성한 가게에 외국 문자가 춤을 춘다. 어느 나라에도 속하지 않는 이 세상의 막다른 골목 같은 풍경이었다.

게다가 이유는 모르겠는데 태국 전통 마사지 가게가 밀집해 있다. 복합 영화관 주변에만 해도 대여섯 곳이나 있었다. 태국 식당에서 닭고기 바질 밥을 먹으며 호기심에 물어보았다.

"여기에는 왜 이렇게 태국 마사지를 하는 곳이 많죠?"

그러자 조금 전까지만 해도 능숙한 일본어로 메뉴를 설명하던 여성이 "난 얼마 전에 와서 잘 몰라"라고 어색한 반말을 했다. 그중 한 곳에서 마사지를 받으며 물어봐도, 이 지역의 일본인에게 물어봐도 다들 "많나요?"라고 고개를 갸웃거렸다. 결론이 안 나서 이 지역 사람들은 다른 곳에도 태국 마사지 가게가 많다고 생각하는 것이라고 믿기로 했다.

약간 수상쩍은 무국적 지대의 복합 영화관에서 〈마이클 잭슨의 디스 이스 잇〉을 보았다. 외견은 지방 슈퍼라도 내부는 익숙한 복합 영화관 사양이었다. 도내에서는 만원 세례인 마이클도 이와이에서는 겨우 몇 명 정도. 복합 영화관인데 지정 좌석제가 아니어서 기뻤다. 나는 남에게 피해를 주지 않을 자리를 골라 마이클의 마지막 노랫소리에 맞춰 몸을 흔들었다. 같은 계열인 시네마 선샤인 이케부쿠로에서는 이 영화에 입석도 나왔다. 서서라도 보고 싶은 관객이 있을 때만 허가한다고 한다. 예상하지 못한 곳에서 만난 예상하지 못한 복합 영화관은 내가 좋아하는 융통성 넘치는 복합 영화관이었다.

예상하지 못한 곳에는 또 한 가지 예상하지 못한 역사가 있었다. 이와이는 그 옛날 헤이안 시대,° 다이라노 마사카도가 진영을 설치한 곳이었다. 마사카도는 이곳을 본거지로 삼아 반란을 일으키고 새로운 황제라고 주장하다가 빗나간 화살에 맞고 무너졌다. 내가 촬영하러 다니는 동안에도 이곳은 '마사카도 축제'나 '마사카도 퍼포먼스'로 소소하게 들뜬 상태였다. 만약 마사카도가 조정의 지배를 벗어나 이곳에 반도 왕국을 세웠다면, 이와이는 교토 못지않은 천년 고도가 되었을 것이다.

세계의 막다른 곳 같은 경치 뒤에 천 년 왕국을 겹쳐 본다. 다트의 화살은 이번에도 흥미로운 곳에 꽂혀주었다.

○ 794년부터 1185년까지, 도읍이 헤이안쿄에 있던 시대.

"그럼 하이리 씨가 마지막에."

〈우당탕 촬영소〉. 1910년대, 아마도 백 년 전에 만들어졌을 무성영화 DVD 한 장을 앞에 두고 나는 식은땀을 흘렸다.

"이거야 원, 오늘밤은 꼬박 새울지도 모르겠는데⋯."

겨우 11분, 그러나 영화 한 편의 대본을 통째로 외워야 한다. 외우고 말고를 떠나 애초에 대본이 없는 것이 문제였다. 소리 없는 흑백 화면을 노려보며 말을 만들고 설명을 달고 대사를 맞추고, 거기에 효과음과 의성어 따위도 전부 혼자 생각하고 혼자 연기한다. 변사의 일이 설마 대본 제작부터 시작할 줄은 몰랐다.

재작년 여름, 아이부터 어른까지 누구나 들을 수 있는 변사 강좌가 있어서 이틀간 미타카시의 예술문화센터에 다녔다. 강사는 유명한 변사 사와토 미도리 선생님. 나는 주부와 회사원, 중고서점 직원들과 함께 연장자 반에 섞였다.

자리에 앉자 센터 사람들이 "아아, 어제 초등학생들의 애드립이 대단했어요!", "그건 아이들이니까 떠올리는 개그라니까요" 하고 연장자 반에 압박을 주었다. 애드립? 개그? 무슨 소리지, 나는 변사를 배우러 왔는데. 그런 말을 흘려듣는 중에 수업이 시작되었고, 영화의 역사, 변사의 탄생, 그리고 사와토 선생님이 멋진 시범을 보여준 다음에는 "자, 이제 여러분이 해보세요!"라는 것이다. 교재도 대본도 없는 채로 갑자기 즉흥으로 실연이다. 과연, 애드립과 개그는 이 소리였구나.

"그럼 하이리 씨가 마지막에."

선생님이 배려해주셨지만 이런 것은 먼저 했어야 했다. 마지막에 할수록 부담이 커진다. 게다가 동기들은 "못해요!", "무리라고요!"라고 꼬리를 말면서도 상당한 완성도를 자랑했다. 자기소개를 할 때는 기어들어가는 목소리였던 부인이 돌변해서 원숭이가 나오면 "우끼끼!" 하고 소리를 지르고, 사자가 나오면 "어흥!" 하고 울부짖었다. 오늘 아침 뉴스의 시사 관련한 내용을 넣는 사람도 있고, 모사에 공을 들이는 사람도 있고, 다들 뭐에 씌기라도 한 듯한 열연이 이어졌다. 수준 높은 일반인 다음으로, 어중간한 전문가가 침이 다 마를 정도로 바짝 긴장해서 어떻게든 마무리를 했다. 개그도 애드립도 없었다. 목소리 큰 것만 믿고 밀어붙였다.

DVD를 받아와서 이제는 숙제. 내일은 호시노 홀의 큰 스크린 앞에서 발표회다. 이건 밤을 새울 수밖에 없겠다. 아무리 어중간하더라도 나는 사람 앞에 서는 일을 하는 인간이다. 선생님의 시범을 똑같이 따라서 할 뿐인 정면 승부로는 면목이 서지 않는다. 어떻게든 나만의 새로운 작품을 만들고 싶다. 변사는 자막이 들어가는 부분만 그럴싸하게 맞추면 나머지는 자유롭게 해도 되므로 동일한 영화라도 변사에 따라 다른 작품이 될 터이다.

머리를 굴려 설정을 바꾸고 스토리를 새롭게 짜서 대본을 썼다. 아니, 쓰기 시작했는데 템포 빠른 정신없는 희극, 스크린을 쫓다 보면 손에 든 종이를 볼 여유가 없었다. 그렇다면 쓰는 시간에 백 번을 반복해서 보고 기억하는 수밖에 없다. 오늘은 틀림없이 밤을 새워야겠군.

설명이 늦었는데, 내가 무성 영화의 변사 라이프를 처음 본 것은 겨우 두 달 전이었다. 우연한 기회에 친구가 된 나가노 영화관에서 초대 메일을 받았다.

"창업 90주년을 기념해 오즈 야스지로 감독 특집 상영을 합니다. 마지막 날에는 무성 영화 시대의 작품을 변사와 함께 상영합니다."

나가노 쇼치쿠 아이오이자는 90년은 웬 말, 최근 조사로 건축된 지 백 년을 가뿐히 넘는 부분도 발견된 일본의 가장 오래된 현역 영화관이다. 그런 극장에서 무성영화라니. 나는 당연히 휴가를 받아 신칸센을 탔다. 그리고 본 것이 사와토 미도리 선생님의 〈태어나기는 했지만〉이었다.

보기 시작하자마자 무성 영화라는 것을 잊었다. 특히 음색을 과장되게 사용하는 것도 아닌데 선생님은 너무나도 쉽게 저돌적인 아이가 되고, 수염을 기른 사이토 다쓰오의 아버지가 되고, 1932년의 격렬한 사건들이 지금 눈앞에서 벌어지는 것처럼 현장감 있게 들려주었다. 덧붙여 객석 분위기를 읽으며 이따금 멋들어진 애드립까지. 웃고 울며 나는 투박한 흑백영화에서 튀어나온 새로운 세계에 흡수되었다.

이것이야말로 진정한 입체 영화, 원조 3D다! 이렇게 야단법석을 부리면 줏대 없다고 혼이 나려나? 화면이 튀어나오진 않지만 변사가 연기해주는 영화란 그야말로 입체적인 상영 형식이었다. 영화관에 직접 가지 않으면 절대 체감하지 못하는 즐거움이다. 실제로도 상영 기간 초반에는 관객이 적어 쓸쓸했던 아이오이자의 객석이 그날은 꽉 찼다. 나도 2층 석 난간에서 몸을 불쑥 내밀 기세로 오즈 감독과 사와토 선생님에게 대만족의 박수를 보냈다.

그나저나 다음 날, 식은땀을 흘리며 밤을 꼬박 새우고서 맞이한 변사 데뷔인데, 연습을 너무 해서 목소리가 가는 바람에 그야말로 민망한 수준이었다. 그래도 시간은 아직 충분하다. 내 야망은 2019년, 아이오이자의 기념할 만한 백 주년 때 〈태어나기는 했지만〉을 변사하는 것이다.

인생은 길고 조용한 언덕

비명 같은 전화가 걸려왔다.

"없어! 없다고!"

선배 여배우가 건 전화로, 느닷없이 울먹이는 목소리가 컷인°됐다.

"지금 시부야인데 없어. 사라졌어! 도큐 문화회관!"

그 불평을 왜 내게 퍼붓는지는 접어두고, 그때는 도큐 문화회관이 사라진 지 이미 1년이 지난 뒤였다.

도큐 문화회관 옥상에는 은색 돔이 인상적인 플라네타륨

○ 영상이나 음성을 갑자기 넣는 것을 말한다.

이 있었다. 영화광인 내게는 플라네타륨보다 판테온, 시부야 도큐, 렉스, 도큐 명화 상영관까지 총 네 개의 영화관을 품에 안은 영화의 전당이라는 이미지가 강한데, 지난해인 2003년, 반세기에 조금 못 미치는 생애를 마쳤다. 굿바이 이벤트도 화려하게 치렀을 터였다. 나는 도저히 가볼 수 없었다. 폐관이 결정된 후로는 아예 시부야의 그쪽으로는 시선을 돌리고 살았다.

"추억, 나의, 추, 추억이⋯."

소리치는 전화기에 대고 일단 기다리라고 말하고 나는 바쁘게 시부야로 향했다.

아주 많은 영화관과 작별해왔다. 긴자 문화에서 일할 때는 검표원 동료들과 함께 극장에 작별인사를 하러 일일이 찾아갔다. 긴자 구석에 있던 극장 테아토르 도쿄, 유라쿠초 역 앞의 니혼 극장, 마루노우치 피카데리, 히비야 영화관. 영화의 거리로는 유라쿠초에 뒤지지 않는 히비야 영화 거리에도 우리는 직접 찾아가서 작별을 고했다. 혼자가 되니 그럴 용기도 사라졌다. 사라지는 것이 너무 많아서 그때마다 멈춰 설 수도 없었다. 도큐 문화회관과 역을 끼고 돌아 정반대 출구 앞의 유난히 붐비는 카페에서 그 사람은 시무룩해 있었다. 위로할 생각이었는데 정신을 차리고 보니 내 쪽이 엉엉 울고 있었다.

처음 본 인공 은하수, 처음 본 거대한 식인상어, 추억은 끝이 없었다. 아는 사람이 널린 긴자 지구는 가기 꺼려져서 학창 시절 영화관 데이트라면 늘 그 건물이었다. 도큐 문화회관의 플라네타륨에도 어린 시절의 추억, 청춘 시절의 추억, 이렇게 두 종류의 추억이 있다. 1950년대 이후의 도쿄에서 살아본 적이 있다면 비슷한 감상을 품는 사람이 꽤 있을 것이다.

물을 따르러 연달아 오가는 웨이트리스들이 "뭐야? 왜 저러는 거야?" 하고 소곤거렸다. 대낮에, 붐비는 카페에서 어디서 본 것 같은 여자 둘이 흐느껴 운다. 부디 모른 척해달라고 빌며 나는 코를 훌쩍였다.

지금 이런 한심한 이야기를 꺼내는 이유는, 저번에 다녀온 시즈오카의 영화 거리 때문이다. 그곳에서 열린 시즈오카 시네마 팩 페스티벌에 게스트로 초청을 받았다. 지금 이 나라에 나리오카와 함께 딱 두 군데 남은 영화 거리. 시즈오카의 그 거리가 조만간 사라진다는 소문을 접했다.

영화관이 늘어선 그 거리의 장관은 내 예상을 훌쩍 뛰어넘었다. 시즈오카시 중심가 시치켄초, 통칭 시치부라 시네마 거리에는 2백 미터도 안 되는 길에 극장 건물이 다섯 개나 어깨를 나란히 하고 열세 개나 되는 스크린에서 영화를 상영했다. 그중에서도 시즈카쓰 주식회사가 운영하는 세 건물은 영화관이 아니라 무비 팰리스라고 부르고 싶을 정도로 전당 같았다. 오리온자는 심지어 지상 5층짜리 건물 전면을 조르주 쇠라의 그림 〈그랑자트 섬의 일요일 오후〉로 장식했다.

동굴 탐험에 어울릴 법한 멋진 손전등을 들고 나타난 시즈카쓰 주식회사의 사토 지배인이 안내를 해주어 모든 극장의 구석구석까지 견학했다. 보슬비 내리는 2월 말에 계단 많은 극장 안을 땀을 뻘뻘 흘리며 돌아보았다. 의욕이 넘쳐 1950년대에 세워진 건물들을 돌아보면서, 나는 더할 나위 없이 행복한 꿈을 꾸다가 '이건 꿈이구나'라고 깨달았을 때와 비슷한 애달픔을 느꼈다.

이곳 극장에서 영화를 본 적은 한 번도 없다. 그러나 오리온자 입구의 대계단을 오르니 검표원 동료들과 다녔던 옛 마루노우치 피카데리의 대계단이 떠오른다. 대리석 기둥을 보며 긴자 문화 벽에 박혔던 암모나이트 화석을 떠올린다. 한때는 천 석이 넘었다는 대해원 같은 객석. 일본에서는 최대급의 광대한 스크린. 믿을 수 없이 높은 천장. 전부 다, 내가 가장 영화와 가까웠던 시절의 극장, 그 모습 그대로였다. 게다가 이곳 극장들의 이름이 또 피카데리에 밀라노에 유라쿠자다. 물론 제일 앞에는 시즈오카가 붙지만. 죽은 줄 알았던 연인이 전혀 다른 거리에 살아 있다. 왠지 그런 멜로드라마 같았다.

영화 거리 견학을 마치고, 피카데리가 있는 시즈카쓰 문화회관 옥상에 남은 아주 작은 플라네타륨을 구경했다. 이곳보다 한 해 일찍 세워졌던 도큐 문화회관의 플라네타륨과 비교하면 그냥 움집 크기로 보일 만큼 앙증맞다. 사용 안 한 지 오래되었는지 지금은 기계도 의자도 떼어내서 정말 움집처럼 보였다.

보슬비가 갑자기 장대비가 되어 허둥지둥 옥상에서 내려왔다. 언젠가 이 건물과 이 거리가 사라진다면 나는 또 엉엉 울어버리겠지. 추억에 빠지기 좋아하고 센티멘털한 사람이라고 비웃고 싶다면 비웃어도 좋다. 그래도 부디 그때만큼은 못 본 척 눈감아 주기를 바란다.

"1일 검표원을 합니다."

하루 전날 밤, 일단 무릎에 크림을 바르고 잤다. 내일이 되면 분홍색 티셔츠에 파카, 무릎 위까지 오는 플레어스커트에 하이삭스 유니폼을 입고 일해야 한다. 익숙한 긴자 문화의 겉옷이나 가마타 다카라즈카의 앞치마 차림이 아니다. 특수 배우라는 역할상, 알몸이나 마찬가지인 복장도 드물지 않게 하지만, 진짜 이십대 사이에 섞여 무릎을 내놓는 것은 평소와 다른 각오가 필요했다.

"1일 검표원을 합니다."
작년 9월, 이 글을 연재하는 잡지에 이렇게 한 줄 광고를 냈더니 기쁘게도 여러 극장에서 문의를 해주셨다. 은퇴하고 20년이 훌쩍 지난 검표원은 그저 감사할 따름이다. 이 나이라면 물구나무를 서도 취직하지 못할 복합 영화관으로. 그리고 벚꽃이 만개한 4월 8일, 나는 마침내 도쿄도 다치카와의 시네마 콤플렉스로 1일 검표원을 하러 가게 되었다.

역 앞의 미군기지 터를 재개발한 지구는 하늘로 모노레일이 달리고 새로운 빌딩군 안에 황토색 빈터가 펼쳐져서 오다이바 같았다. 그런 광경 속에서 눈에 띄게 현대적인 건축이 시네마 시티와 시네마 투였다. 두 건물에 열한 개 스크린을 설치했고, 세계적으로도 최고 수준의 음향 시설을 갖췄다. 이 에세이를 3년간 연재하면서 내가 둘러보았던 영화관과는 대척점에 있는, 1980년대에 들어 세워진 디자이너 시어터다. 과연 이런 곳에서 사반세기 전 검표원의 기술이 통하긴 할까?

기술이고 뭐고, 우선 검표원을 뜻하는 모기리라는 단어가 통하지 않았다. 전원 이십대인 동료들은 이 단어의 존재도 모르는 모양이었다. "어, 그거 명사예요?"라고 물어서, "모기루라고도 하지"라고 서로 언어를 가르쳐주는 외국인처럼 대화를 나누며 나는 지금 시대의 이름을 배웠다.

검표원은 '플로어', 남자도 있어서 플로어 아가씨라고는 하지 않는다. 매점은 '컨세션', 줄여서 '컨세'. 왠지 언령°이 깃들기 어려운 꼬부랑말 이름이다.

전석 지정 교체제라는 시스템이 없던 시절부터 일한 나는 뜯을 티켓이 두 종류뿐인 것도 신선했다. 작품명과 상영 일시, 좌석 번호가 프린트된 티켓. 다른 하나는 연수용 입장증. 이것은 주로 직원이 영화를 볼 때 쓰는 것으로, 예매권이나 초대권처럼 매표소에서 좌석을 지정받아야 한다.

복잡한 예매권이나 주주 초대권 종류를 외우지 않아서 좋은 대신에 휴식 시간에 훌쩍 안으로 들어가 영화를 보거나 낮잠을 자는 검표원의 특권은 플로어 직원들에게 없나 보다. 그래도 교체 시간만 지나면 손님이 오지 않으니까 쉬는 시간은 과거 검표원들보다 많을 것이다. 상영 중에는 뭘 하려나? 물어보았더니, 무릎이 벚꽃색인 플로어 여자아이가 "요즘은 3D 안경을 점검해요!"라고 밝게 대답했다.

아쉽게도 나는 튀어나오는 안경을 닦을 시간은 없었지만, 대신 열한 개 스크린에서 전부 플로어로 서려는 의욕에 관람객 입장을 계속해서 도왔다. 오랜만에 뜯기용 점선 감촉을

○   일본에서는 말에 힘이 깃든다고 믿고 그것을 '언령', 혹은 '언혼'이라고 부른다.

연달아 손으로 느끼자 기분이 좋았다. 익숙해지자 안내 방송에도 도전했다. 시네마 시티에서는 상영 시작 전에 플로어가 스크린 앞에 서서 육성으로 안내 방송을 한다.

상영 작품 확인과 휴대전화, 음식물 섭취, 비상구에 대한 주의사항. 카드를 힐끔힐끔 보며 간신히 안내 방송을 마치자, 객석에서 짝짝짝 망설이는 듯한 박수가 일었다. 반올림하면 쉰이 된 중년 여성이 미니스커트와 하이삭스 차림으로 더듬더듬 안내 방송을 한 것이다. 손님도 이래서야 당황스러우리라. 그런데 나도 참 짓궂은 성격인지, 그런 상황이 재미있어서 견딜 수 없었다.

이 세상에 약간 유쾌한 장난을 치고 싶다. 아무래도 나란 인간은 겨우 그것, 오로지 그것뿐인 충동으로 검표원 일을 했고, 또 연기하는 일도 하는 모양이다. 미묘한 박수를 들으며 새삼스럽게 그런 자신을 깨달았다.

플로어에 서 있을 때도 "어라? 어쩌고 하이리잖아? 왜 여기 있어요?" 하고 여고생이 말을 걸기도 했고, 못 본 척하는 사람도 있고 아무 반응 없이 지나가는 사람도 있었다. 어떤 반응을 보이든 나는 그때마다 약간의 서프라이즈에 성공한 기분이어서 폴짝 뛸 정도로 기뻤다. 그런 나를 시네마 시티 사람들도 장난기 가득한 얼굴로 지켜봐주었다.

이 복합 영화관도 독창적인 영화관이 되고자 스크린을 공중에 띄우거나 객석의 불빛을 양초로 바꿔본다거나, 혹은 극장 안을 판매원이 추로스나 콜라를 팔며 돌아다니거나, 마이클 잭슨의 영화를 콘서트처럼 소리를 키워 스탠딩 형식으로 상영하는 등 손을 쓸 수 있는 한도 내에서 이런저런 공을 들여 서프라이즈를 기획하고 있다.

20세기 검표원에게는 근미래 영화관처럼 보이는 복합 영화관과 약간의 장난기를 나눈 덕분에 나는 정말 행복한 기분으로 이 연재를 마치게 되었다. 그래도 '1일 검표원을 합니다'라는 광고만큼은 내리지 않기로 했다. 내가 필요한 곳이 있다면 언제든 달려갈 생각이다. 이 무릎을 세우지 못하는 날까지.

"이 마을에 영화관은 없나요?"

매달 매달 키보드로 같은 단어를 친다. 검표원, 영화관, 검표원, 영화관, 검표원, 검표원, 영화관, 검표원…. 〈샤이닝〉의 잭 니콜슨처럼. 아니지, 〈샤이닝〉은 겨우 겨울 한철 이야기지만 나는 3년이다. 나중에는 내 이름 '하이리'가 '모기리'로 보일 지경이었다.

이렇게 겨우 두 단어를 소재로 짜낸 에세이에 오랜 세월 동안 자리를 내주신 『키네마 준보』 편집부의 가와무라 유키코 씨에게 정말 고개를 들 수 없이 감사하다. 연재를 시작할 당시 이십대였던 가와무라 씨는 아마 내가 매월 보내는 원고에 '으음, 아줌마. 이 얘기는 벌써 몇 번이나 들었다고요'라고 생각했을지도 모른다. 그런데도 이렇게 책 한 권이 만들어지기까지 내 등을 쓰다듬어주고 가끔은 엉덩이를 차줬다. 무엇보다 이 영화관과 검표원에 대한 편애 가득한 옛날이야기를 여기까지 내던지지 않고 읽어주신 분이 계신다면 나는 그분에게야말로 감사 인사를 드려야 한다. 영화와 여행 이야기라면 몰라도 영화관과 그곳에서 일하는 사람 이야기는 대중적으로 흥미를 느낄 소재가 아닐 것이다. 진심으로 "고맙습니다."

그냥 3, 4회 정도 쓸 생각이었던 추억담이 몇 년이나 이어지는 동안, 나는 어디를 가든 이 두 단어가 정말 흥미롭게 펼쳐진다는 것을 깨달았다. 일본에는 아무리 작은 마을이라도 반드시 영화관과 그것을 둘러싼 추억이 숨어 있으므로, "이 마을에 영화관은 없나요?"라는 한마디로 나는 절대 바꿀 수 없는 체험을 할 수 있었다.

역부족, 시간 부족으로 쓰지 못한 영화관도 아직 많다. 검표원이던 할머니를 위해 세웠지만 결국 한 번도 영화를 상영하지 못한 영화관. 지구온난화 탓인지 여름철 폭우로 사라진 산속 야외극장⋯. 때로는 상영 중인 상영관 내부와 화장실 안까지 견학시켜주셨는데 여기에 소개하지 못한 수많은 영화관을 포함해 모든 영화관과 그곳에서 일하는 사람들, 긴자문화와 당시 검표원 동료들에게 나는 언제까지나 이 "고마워요"라는 말을 전하고 싶다.

그런데 "이 마을에 영화관은 없나요?"라고 물으면, 길을 가던 마을 사람들은 모두 기뻐하며 "여기에 있었어", "아니야, 저기 있었어요"라고 분주하게 뛰어다니고, 그 마을의 추억이나 자신이 영화에 품은 추억을 그야말로 행복한 얼굴로 말해주었다. 그 모습을 볼 때마다 나는 항상 영화의 힘을 새삼스럽게 느꼈다.

한때 그렇게 동경했던 미국 영화는 조금 빛을 잃고 있긴 해도, 마지막으로 나를 키워준 여러 나라와 여러 시대의 영화들을 향해, 나는 최고의 "고마워요"를 말하고 싶다.

2010년 6월 가타기리 하이리

"고마워요", "고맙습니다"

"고마워요", "고맙습니다"라고 계속 말하면 감사한 일이
반드시 생긴다.

감사한 일. 일본어로는 아리가따이고토有難いこと. 즉, 있는
것有이 어려운難 일. 좀처럼 없는 일. 바라지도 않았던 일. 상
상도 못했던 일. 판타지. 기적.

『키네마 준보』의 연재가 한 권의 책이 되어 세상에 나온
뒤, 어느새 4년이란 세월이 흘렀다. 그 후에도 나는 여전히
영화를 보러 다니고 여행을 가면 그 지역의 영화관이나 영화
관 터를 돌아보고, 그때마다 "고마워요", "고맙습니다"라고
외쳤다. 다들 알다시피 이제 4년 전보다도 더, 나만의 성지는
존재하기 어려워졌다. 그럼에도 불구하고. 그 좀처럼 없는
장소에 나는 오늘도 검표원을 하러 간다. 다카바에 서서 티
켓을 뜯고, 극장에서 나가는 손님에게 "와주셔서 감사합니

다", "감사합니다. 또 와주세요"라고 고개를 숙인다.

올봄 개관 30주년을 맞은 동네 영화관에서 2주에 걸쳐 감사제라는 명목의 이벤트를 개최했다. 극장이 오픈한 1980년대 미니시어터의 향기가 나는 작품을 전부 35밀리 필름으로 상영하는 아주 기쁜 축제다. 나는 축하하려고, 배우 일을 할 때 이외에는 종종 검표원을 했다.

그렇다. 이 책에서 언급한 '1일 검표원을 합니다' 광고가 출간된 후로 바로 효과가 나타나 나는 4년간 '1일 검표원'에서 '종종 검표원'으로 출세했다. 태어난 마을의, 집에서 걸어서 10분도 안 걸리는 영화관에서.

키네카 오모리와는 30년간 쿨하게 교제를 이어왔다. 너무 가깝지도 멀지도 않고, 서로 동네 단골손님, 잠옷 위에 코트를 걸치고 나가서 남과 인사할 필요 없이 영화를 볼 수 있는 비밀의 장소로서. 변화가 생긴 것은 이 책이 나온 후부터다. 2010년 말부터 키네카는 비정기 명화 상영관을 정착시켜 세 개의 스크린 중 하나를 이용해 본격적으로 동시 상영 명화 상영관을 시작했다. 동네 정식집 메뉴가 갑자기 두 배가 되고, 고금의 진미와 별미, 동서양을 가리지 않는 진수성찬이게다가 주마다 바뀌는 것이다! 나는 지금까지보다 더 바쁘게 키네카에 다녔다.

너무 자주 나타나니까 한가하다고 생각했나 보다. 어느 날 갑자기 『키네마 준보』를 통해 이런 제안이 들어왔다.

"그렇게 자주 오신다면 키네카에서 『검표원이여, 오늘밤도 고마워』 출간 기념 이벤트를 하시지 않겠습니까?"

나는 고민했다. 책 한 권을 팔려면 행상처럼 지루한 활동이 필요하다. 게다가 바라지도 않던 제안이었다. 무엇보다 일단 얼굴을 알리게 되면 앞으로는 잠옷 차림으로 가지 못한다. 지극히 사적인 비밀의 집이 일터가 되어버리면 조금 쓸쓸하다. 그러나 뒤를 쫓는 한마디에 내 마음이 맥없이 무너졌다.

"아예 명화 상영관에서 하이리 씨 셀렉션을 상영할까요!"

정말이지 말도 안 되는 일이 벌어졌다. 내가 마음에 품어둔, 보고 싶은 영화를 자유롭게 스크린에 걸 수 있다. 영화관 프로그램을 마음대로 고른다. 영화광이라면 누구나 한 번쯤 꾸는 꿈이다. 판타지다. 나 혹시 영화 팬의 정점에 올라간 건가?

염원하는 영화 한 편을 보기 위해 매일 『피아』나 『시티로드』 색인을 일일이 확인하고 전철을 갈아타 모르는 마을의 명화 상영관까지 다녔던 시절. 영화관에 보고 싶은 영화를 자기 마음대로 걸 수 있는 사람이 되려면 배급사에 취직해야 하나, 영화 제작사에 취직해야 하나 진지하게 고민하던 그 시절. 그 시절의 나, 해냈어! 나는 그 꿈을 마침내 이루었어!

하늘을 날 것 같은 기분을 꾹 감추고, 나는 짐짓 시치미를 뚝 떼고 신중하게 두 가지 조건을 걸었다. 영화를 볼 때는 지금까지처럼 요금을 내게 할 것. 이벤트 때는 물론이고 가끔은 검표원을 하게 해줄 것.

첫 번째는 〈내 머릿속의 주판〉에서 한 푼까지 세세하게 따지던 나로서는 생각지도 못할 제안이지만, 배우 겸 30년 이상 산 어른의 여유로, 사실은 혼잡한 회차나 수요일 서비스데이에 가기 어려워지면 곤란하다는 지금 나 나름의 계산이었다.

감사하게도 내 셀렉션을 상영하는 기획은 회를 거듭해 차이밍량 감독 특집 때는 입석도 나왔다. 자화자찬인데, 내가 처음 검표원으로 일했던 영화와 내가 처음 출연한 영화라는 조합으로 〈물이 없는 풀장〉과 〈코믹 잡지 따위는 필요 없어!〉도 연속해서 상영했다. 상영권이 끊겼다거나 권리는 있지만 소유자가 확실하지 않다거나 중요한 필름이 없다 기타 등등의 이런저런 악운 때문에 현재 극장에서 상영할 수 있는 영화가 매우 한정적이라는 슬픈 현실도 배웠다.

몇몇 위기를 거쳐, 내가 '종종 검표원' 권리를 획득한 동네의 세 개 영화관, 키네카 오모리와 가마타 다카라즈카, 테아토르 가마타의 총 다섯 개 스크린은 2013년 여름까지 종래의 영사기에 추가해 간신히 디지털 시네마 패키지를 도입했다. 밀려드는 디지털의 파도에 올라탄 셈이다. 그러는 사이에 사라진 영화관 수는 셀 수도 없다. 이 책에 등장하는 사랑스러운 극장 중에서도 분명. 명복을 비는 마음으로 나는 또 예의 그 말, "고맙습니다"를 반복한다.

그런 이유로, 영화를 둘러싼 루프는 또 한 바퀴 돌아, 지금 현재 나는 이 책의 내용을 다시 한 번 처음부터 더듬듯이 2010년대 검표원 생활을 즐기고 있다.

쉬는 날, 영화를 보러 갔다가 검표원으로 일하며 영화를 공부하는 학생도 많은 키네카 동료들과 "어제는 뭘 봤어?"를 암호로 슬쩍 나누는 영화 이야기. 때로는 다 같이 올나이트나 특집 상영을 보며 꿈만 같은 동시 상영 아이디어를 낸다. 그렇게 싫어했던 DVD 보급 덕분에 나이가 절반 이하나 어린 그들과도 세대 차이를 털끝만큼도 느끼지 않고 이야기할 수 있다. 가마타의 검표원 선배들과는 여전히 차를 마시며 단골의 소문이나 동네 맛집 정보를 교환하느라 바쁘다.

부모님을 모두 여읜 뒤로 가족이 없는 인간은 갈 곳 없는 연말연시에는 영화관에서 보내고 있다. 한번은 키네카 동료와 도시코시소바°를 먹고, 정월에는 가마타에 세뱃돈을 받으러 갔다. 이쯤 되면 영화관이 내 친정이라고 할 수 있지 않을까?

가능하면 지금처럼, 나이를 먹어서도 영화관에 다니고 싶다. 혹시 치매에 걸리더라도 잠옷 차림으로 키네카에 가고 싶다. 이 세상에 존재하기조차 어려운 영화관이 우리 동네에 있고, 그곳에서 영화와 함께 산다. 이 기적과도 같은 행운을 나는 어떻게든 놓치고 싶지 않다. 그러니 나는 오늘도 다카바에서 마음을 담아 고개를 숙인다. 모든 마을의 기적을 믿고.

"고마워요", "고맙습니다"라고 계속 말하면 감사한 일이 반드시 생긴다.

○   일본에는 한 해를 보내고 새로운 해를 맞이하는 의미에서 연말에 메밀국수를 먹는 풍습이 있다.

옮긴이 | 이소담

대학 졸업반 시절에 취미로 일본어 공부를 시작했고, 다른 나라 언어를 우리말로 바꾸는 일에 매력을 느껴 번역을 시작했다. 읽는 사람이 행복해지고 기쁨을 느끼는 책을 우리말로 아름답게 옮기는 것이 꿈이고 목표다. 옮긴 책으로『오늘의 인생』,『양과 강철의 숲』,『아, 보람 따위 됐으니 야근수당이나 주세요』,『일러스트 철학사전』,『하루 100엔 보관가게』,『변두리 화과자점 구리마루당』,『그러니까, 이것이 사회학이군요』 등이 있다.

검표원이여, 오늘밤도 고마워

초판 1쇄   2018년 4월 5일
지은이   가타기리 하이리
옮긴이   이소담
펴낸이   이재현, 조소정
펴낸곳   위고
출판등록   2012년 10월 29일 제406-2012-000115호
주소   파주시 산남로 157번길 203-36
전화   031-946-9276
팩스   031-946-9277
제작   세걸음

hugo@hugobooks.co.kr
facebook.com/hugobooks

ISBN 979-11-86602-36-2 03830

이 도서의 국립중앙도서관 출판예정도서목록(CIP)은 서지정보유통지원시스템 홈페이지(http://seoji.nl.go.kr)와 국가자료공동목록시스템(http://www.nl.go.kr/kolisnet)에서 이용하실 수 있습니다. (CIP제어번호: CIP2018008543)

• 커버 크레딧: 오시마 이디아(大島依提亜)